LE SIÈGE DE CALAIS,

TRAGÉDIE,

DÉDIÉE AU ROI,

Par M. De Belloy;

Représentée pour la premiere fois, par les Comédiens Français ordinaires du Roi, le 13 Février 1765.

SUIVIE DE NOTES HISTORIQUES.

Vestigia Græca
Ausi deserere & celebrare domestica facta. Hor.

NOUVELLE ÉDITION.

A PARIS,
Chez DUCHESNE, Libraire, rue S. Jacques,
au-dessous de la Fontaine S. Benoît,
au Temple du Goût.

M. D. CC. LXV.
Avec Approbation & Privilège du Roi.

$\mathcal{A}U\ ROI.$

IRE,

DE tous les Peuples de la Terre, le vôtre eſt celui qui ſait le mieux aimer ; & vous êtes le Roi qu'il a jugé le plus digne de ſon amour. Père de la Patrie, daignez agréer un Ouvrage entrepris pour elle. Ce Drame, tout ſaible qu'il doit paraître, a été l'occaſion des nouveaux témoignages de tendreſſe mutuelle que la France & ſon

a ij

Maître viennent de se donner. Dès que l'on parle à ma Nation de ce zèle ardent qui l'a toujours enflammée pour ses Souverains, avec quel secret plaisir, avec quels doux transports tous les cœurs se tournent vers VOTRE MAJESTÉ ! Calais a rappellé Metz : époque à jamais attendrissante, devenue l'éloge immortel du Monarque & de son Peuple. Ah ! SIRE, que vous sentez vivement tout ce que méritent de tels Sujets ! Mais aussi que ne doit pas attendre d'eux un Prince qui leur fait adorer sur le Throne l'âme la plus vertueuse de son Empire ? Le cri public ajoûte, la plus modeste : & ce mot m'avertit que le silence est mon devoir.

Je suis, avec la vénération profonde que je dois à Votre Personne Sacrée, & la reconnaissance respectueuse qu'exigent vos bienfaits,

DE VOTRE MAJESTÉ,

Le très-humble, très-obéissant
& très-fidèle Sujet,
DE BELLOY.

PRÉFACE.

VOICI peut-être la première Tragédie Française où l'on ait procuré à la Nation le plaisir
de s'intéresser pour elle-même. J'ai dû à cet avantage de mon Sujet un succès que je n'aurais pu mériter à d'autres titres. Les Étrangers se demandent
comment il est possible que, chez un Peuple qui
est en possession depuis plus d'un siècle de l'emporter sur tous les autres Peuples dans l'Art Dramatique, on ait si peu puisé dans son Histoire les Sujets
dont on a enrichi son Théâtre. Le Grand-Homme
qui, depuis quarante années, soutient la gloire de
la Scène Française avec tant d'éclat, est le seul qui
y ait fait entendre quelquefois des noms chers à la
Patrie. Mais un intérêt National, fondé sur un évènement purement historique, était encore un Sujet
que le Sophocle Français n'avait pas traité.

Cependant la plûpart des Tragédies Anglaises
sont tirées de l'Histoire d'Angleterre. Les Grecs n'empruntaient guères aux Étrangers les grandes actions
qu'ils célébraient dans leurs Drames. Nous voyons
singulièrement dans la Tragédie des *Perses*, dans
celle des *Suppliantes*, & dans celle d'*Oedipe à Colonne*, que la gloire des Athéniens y fut le premier
objet d'Eschile, de Sophocle & d'Euripide. Mais
les Grecs n'avaient pas eu avant eux d'autres Peuples célèbres, & surtout des Romains, dont l'Histoire pût leur fournir, comme à nous, tant d'événemens dignes du Cothurne.

D'ailleurs, on a grand foin dans notre enfance
de nous inftruire auffi peu de notre Hiftoire que
de notre langue. Nous favons exactement tout ce
qu'ont fait Céfar, Scipion, Titus : Nous ignorons
parfaitement les actions les plus fameufes de Char-
lemagne, de Henri IV, du Grand Condé. Demandez à un Enfant qui fort du Collége, quel fut le
Général vainqueur à Marathon ou à Trébie ; il
vous répondra fur le champ. Demandez lui quel
Roi ou quel Général Français gagna la bataille de
Bovines, d'Ivri, de Fornoue, ou de Ravenne ; il
reftera muet.

Imitons les Anciens en nous occupant de nous-
mêmes ; & fans vanité, nous en valons bien la peine.
Que le brave *Euftache de Saint-Pierre* n'était-il
bourgeois d'Albe ou de Prénefte ? tous les Poëtes
de la République Romaine auraient chanté fon courage intrépide. Ils ne fe feraient pas embaraffés fi
le nom de ce généreux Citoyen pouvait prêter au
ridicule. Les Romains ne riaient pas quand on leur
nommait *Régulus*, dont le nom cependant ne devait pas être bien majeftueux à Rome, puifqu'il fi-
gnifie un *Roitelet*. Accoutumons-nous à dreffer des
monumens aux vertus de nos Compatriotes. C'eft
en excitant la vénération de la France pour les
Grands-Hommes qu'elle a produits, qu'on parvien-
dra à infpirer à la Nation une eftime & un refpect
pour elle-même, qui feuls peuvent la rendre ce
qu'elle a été autrefois. L'ame eft entraînée par l'admiration à imiter les Vertus, fur-tout quand elle
ne les voit pas abfolument hors de fa portée. Qu'on
ne dife plus fans ceffe en fortant de notre Théâtre ;
les Grands Hommes que je viens de voir repréfen-

ter étaient Romains, je ne fuis pas né dans un Pays
où je puiffe leur reffembler : Mais que l'on dife au
moins quelquefois; je viens de voir un Héros Français, je puis être Héros comme lui.

Voilà le nouveau genre que je defirais de voir
introduit fur notre Scène, & que j'ai eu le bonheur de faire goûter à ma Nation. Le premier de
mes vœux, celui qui fera le plus facilement rempli, c'eft de me voir furpaffé dans la nouvelle
carrière où je fuis entré. Les graces que le Roi a
daigné répandre fur moi, les bontés dont le Public
m'accable, ne doivent être regardées que comme
un encouragement qu'ils donnent à ceux qui font en
état de les mériter mieux. J'ai voulu être utile à ma
Patrie : elle m'a fû gré du projet ; que ne doivent
pas attendre les Génies heureux qui l'exécuteront ?
Du moins ai-je donné occafion aux Français de prouver encore aux Étrangers que la légereté de notre
efprit n'ôte rien de la force de notre ame ; & qu'il
ne faut qu'une étincelle pour enflammer à l'inftant
ces femences de feu que nous portons toujours au
fond du cœur. Je crois bien connaître ma Nation,
je l'ai bien étudiée : Voilà pourquoi je l'aime fi paf-
fionnément.

Venons au fujet particulier de cette Tragédie. Je
le regarde comme un des plus grands évènemens
de notre Hiftoire. La Couronne de France difpu-
tée à l'Héritier légitime par le Monarque le plus
illuftre que l'Angleterre ait vu fur fon Thrône ; la
politique profonde & infinuante de l'ambitieux É-
douard qui déployait tous fes talens & toures fes
graces pour féduire les Grands & le Peuple : la géné-
reufe réfiftance des Citoyens de Calais, que les ar-

mes ni les bienfaits ne purent vaincre : le courage
héroïque de ces six Bourgeois, qui se dévouèrent
au supplice pour la gloire de l'État , pour le salut
de leurs Concitoyens , & pour le soutien des Loix
fondamentales de la Monarchie : Voilà sans doute
les plus belles sources de ce Pathétique sublime qui
pénètre l'ame sans l'amollir , & qui l'élève en l'atten-
drissant. Je suis très-surpris qu'aucun de nos Grands
Maîtres ne se soit emparé avant moi d'un champ
si vaste & si fertile. Eh ! que de beautés n'en aurait
pas tiré le Génie profond de l'Auteur de Cinna ,
ou le Génie brillant de l'Auteur de Brutus ! La force
du Sujet a soutenu ma faiblesse : l'amour de la Patrie a donné à mon ame un essor qui l'a élevée au-
dessus d'elle-même. Tout mon mérite , s'il y en a
quelqu'un dans cet Ouvrage, a été de me bien pénétrer de mon Sujet & de l'appercevoir dans toute
son étendue.

 Ceux qui n'avaient pas approfondi cette époque si
intéressante de notre Histoire, n'attendaient dans ma
Tragédie que la peinture d'une action courageuse ,
faite dans un Siége ordinaire, pour dérober au ressen-
timent du Vainqueur un Peuple malheureux & sou-
mis. Sous ce point de vue même le Sujet offrait
déjà de grandes beautés. Et c'est ainsi qu'il a été pré-
senté par tous nos Historiens, & par le Roman ingé-
nieux que l'on relit encore avec tant de plaisir. Mais
lorsque je regardai cette action dans son principe ,
dans ses suites , & entourée, pour ainsi dire, de tout
l'appareil de ces circonstances ; je conçus une bien
plus haute idée de mon Sujet, & des richesses qu'il
semblait me prodiguer de toutes parts. Je m'ap-
plaudis sur-tout d'y voir réunis ces deux objets

utiles que le Citoyen de Genève, & l'Auteur du
Journal Étranger se plaignaient de ne rencontrer
dans aucune de nos Tragédies : je veux dire la peinture des mœurs de notre Nation, & l'avantage de
lui faire aimer, par cette peinture même, ses Loix
& son Gouvernement.

Je commençai donc par défendre à mon imagination de travailler au plan de la Pièce. Il aurait
été bien mal-adroit, dans un Ouvrage qui devait
être entrepris pour l'honneur de la Nation, de prêter
aux Français des exploits imaginaires ou des vertus
supposées. Je voulus que les évènemens, même épi-
sodiques, fussent tirés de l'Histoire : & je trouvai
heureusement dans les tems voisins de ce fameux
Siége, quelques faits qui pouvaient se marier avec
l'action principale.

Tel est l'Episode du Comte d'Harcourt. Ce Seigneur qui commandait la première ligne de l'Armée Anglaise à la journée de Créci, trouva mort
sur le champ de bataille son frère Louis ou Jean
d'Harcourt, qui combattait contre lui pour les
Français. Il fut tellement frappé de ce malheur
terrible, qu'il abandonna le Camp d'Edouard &
vint se jetter aux pieds de Philippe de Valois, qui
lui pardonna. J'ai reculé de quelques mois ce fait
si intéressant, pour le lier à mon Sujet ; & j'ai cru
que les remords violens de ce Seigneur rebelle for-
meraient un contraste agréable avec la vertu tranquille des fidèles Bourgeois de Calais.

Les propositions qu'Edouard fait à la Fille du
Comte de Vienne, pour l'attirer dans son parti elle
& son père, ne lui ont pas été faites réellement ;
puisque le personnage d'Aliénor est le seul que

l'imagination ait placé dans ma Pièce. Mais ce Prince avait négocié & même conclu de pareils traités avec plusieurs Grands du Royaume, notamment avec Godefroi d'Harcourt. Il avoit gagné le Comte d'Eu, Connétable de France : & que pouvait-il avoir promis à un homme revêtu de la première charge de l'État, si ce n'est le rang de Vice-Roi, ou de Lieutenant-Général du Royaume, qu'il avait déjà offert au Duc de Brabant ?

Je pourrais donc dire de cette Pièce, ce que le grand Corneille a dit de sa Tragédie de la Mort de Pompée, qu'il n'y a gueres de Drame *où l'His-toire soit plus conservée & en même tems plus fal-sifiée.* En général tous les évènemens de ma Tra-gédie font vrais, mais ils font souvent revêtus de circonstances différentes de celles qui les ont réel-lement accompagnés. On sait que c'est-là le droit de la Poësie Dramatique. Une Tragédie n'est pas une Histoire. Le Poëte est obligé de plier les faits historiques aux regles du Théâtre : & cela est peut-être plus difficile que de créer une fable nouvelle que l'on peut remanier à son gré & selon ses besoins. Aussi avouerai-je avec franchise que, tout simple que puisse paraître le plan de cette Pièce, il m'a beau-coup plus coûté que celui de Zelmire.

Quelques personnes trouveront extraordinaire que je n'aye point fait paraître le Gouverneur de Ca-lais. Jean de Vienne * était, je l'avoue, un des

---

* La Maison de Vienne est une des plus anciennes de Bourgogne : on sait par quels noms glorieux on y distinguait autrefois trois illustres Familles : *les Nobles de Vienne*, *les Preux de Vergi*, & *les Barons de Beaufremont.* Le Fils de

plus braves & des plus habiles Officiers de son
tems : mais la valeur & la prudence qu'il avait
fait briller pendant le cours du Siége, devinrent
des vertus inutiles au moment de la capitulation.
Edouard voulut que le Gouverneur & la Garnison restassent prisonniers de guerre ; & sa colere ne
demanda le sang que des seuls Bourgeois. Il aurait donc été très-peu avantageux de faire paraître
Vienne, uniquement pour consoler ou exhorter les
Héros de Calais, qui n'avaient besoin ni de conseil
ni d'encouragement. J'aurais pû feindre peut-être
qu'il se voulût dévouer avec eux : mais c'était con-
tredire trop formellement une Histoire si connue.
D'ailleurs Jean de Vienne, en se dévouant le premier,
aurait ôté tout le mérite de cette action héroïque au
généreux Eustache de Saint-Pierre, qu'il serait odieux
de priver d'une gloire si légitime : Et Vienne, se
dévouant en second, eût été un personnage dégra-
dé : on aurait pu dire avec raison qu'il devait donner l'exemple & non le recevoir. J'ai trouvé plus
à propos de me borner à parler de lui comme en
parle l'Histoire, & de ne le point montrer dans
un moment où sa vertu ne pouvait point agir. Je
lui ai donné une Fille qui le remplace à quelques
égards, & qui n'étant pas liée par les mêmes devoirs, peut paraître plus grande que lui, même en
faisant moins qu'il n'aurait fait.

On m'a reproché d'avoir employé pour vaincre la fureur d'Edouard, un autre ressort que celui de l'Histoire. Mais si j'ai conservé à la Reine

---

Jean de Vienne, Gouverneur de Calais, fut Amiral de
France. Cette Tige fameuse a encore des rejettons dignes
d'elle & de leur Patrie.

d'Angleterre l'honneur d'avoir demandé la grace
des Bourgeois de Calais, je n'ai pû mettre ce
fait en action, ni en faire le dénouement de ma
Pièce : parce que le Personnage de la Reine ne
pouvait jamais être lié dans l'intrigue ; & qu'un
Rôle, comme celui de Livie dans Cinna, n'aurait
sûrement pas été du goût de notre siècle. J'ai cru
ne pouvoir mieux faire que d'employer contre la
colere d'Edouard cette ressource si touchante dont se
sert Priam, dans Homere, pour attendrir l'impi-
toyable Achille. Imitation qui m'a paru d'autant plus heureuse, que les circonstances rendent
ce moyen plus fort sur le cœur d'Edouard qu'il ne
pouvait être sur celui d'Achille même. Pelée n'avait
que l'âge de commun avec Priam ; le Sort ne lui
avait jamais fait éprouver des malheurs semblables à ceux dont gémissait le Roi de Troie. Ici É-
douard s'est trouvé à-peu-près dans la même situa-
tion que le Fils d'Eustache de Saint-Pierre. C'est
cette conformité intéressante qui m'a fait saisir avec
joie l'occasion de mettre sur la Scène un des mor-
ceaux les plus pathétiques de toute l'Iliade. Il est
même encore surprenant que l'on ne m'ait pas prévenu depuis que l'on fait des Tragédies, & surtout
dans celle où nous avons vu représenter Priam re-
demandant à Achille le corps d'Hector [*].

Il y a des gens qui ont prétendu que cette imitation
d'Homere affaiblissait la fin de ma Pièce ; qu'É-
douard le rendait trop tard ; que le seul retour des

[*] Cette Pièce fut jouée il y a cinq ans. M. Chabanon vient
de donner une Tragédie en un Acte, intitulée *Priam au Camp
d'Achille*, dans laquelle toute cette scène de l'Iliade est rendue avec
la force & la vérité de l'Original : mais *le Siège de Calais* était fait
un an avant que la Pièce de M. Chabanon fut imprimée.

Bourgeois devait le déterminer à la clémence; & que l'image de son Père mourant était un petit moyen. Le ressort de la Nature un petit moyen ! Je ne conçois rien à cette façon de sentir. Il me paraît que ce n'est pas connaître la marche du cœur humain, que de vouloir qu'Édouard se rende à une action de générosité, moins sublime que celles auxquelles il a résisté depuis le commencement de la Pièce. Car il y avait bien plus d'héroïsme aux six Bourgeois de s'être dévoués quand rien ne les y forçait, quand ils pouvaient attendre sans honte la décision du Sort; qu'il n'y a de grandeur à se remettre dans les fers, quand ils savent qu'on les en a délivrés par un artifice, qu'ils ne pouraient pas seconder sans infamie. Je crois donc que l'ame violente d'Édouard s'étant roidie longtems contre le sentiment de la générosité, ce sentiment devient un ressort usé qui n'a plus de prise sur elle. Au lieu qu'elle peut céder tout-à-coup à un autre mouvement imprévu, peut-être plus faible en lui-même, mais que la seule nouveauté rend plus fort pour le moment. Ainsi Achille n'est que surpris, qu'interdit à l'aspect de Priam, qui vient seul au milieu d'un camp Ennemi baiser les mains sanglantes du meurtrier de son Fils: mais à ces mots, *Achille, souvenez-vous de votre Père;* il est attendri, les larmes coulent de ses yeux crüels: Voilà la Nature. Homère en est le plus grand Peintre.

A l'égard des critiques que l'on a faites contre le fond de cette Pièce, en soutenant que ce n'est pas une Tragédie, que les caractères n'en sont point tragiques, & qu'elle est contre toutes les regles du Théâtre; j'avouerai que j'ai quelque honte de réfuter des idées auffi évidemment fauffes. Quoi ! l'action de ces fix généreux Citoyens qui fe dévouent à la mort pour fauver leurs Compatriotes ; ce pathétique qui fuit par-tout leur Héroïfme ; ces larmes d'admiration qu'ils arrachent à quiconque lit leur Hiftoire ; tout cela n'eft point tragique ? Ce ferait un grand malheur pour notre Art, fi l'on n'y voulait plus admettre ce genre d'admiration, ce genre de Corneille, dont l'impreffion eft auffi forte & plus agréable que celle des autres genres. Il n'y a perfonne qui ne fe fache plus de gré de pleurer à la mort héroïque de Gufman, ou à ces mots, *foyons amis, Cinna ;* qu'à la reconnaiffance de Rhadamifte, ou à l'affaffinat de Zopire.

Je vois que depuis quelques années on répand dans des Préfaces & dans des Journaux, que la Tragédie n'eft faite que pour le développement des paffions. Quand cette erreur ferait une vérité, l'amour de la Patrie, porté jufqu'à l'enthoufiafme, devrait être mis au rang des grandes paffions :

Paffion des grands cœurs, Amour de la Patrie.

Voltaire.

Mais ceux qui débitent cette Morale, rétréciffent bien cruellement la Sphère de l'Art Dramatique. Les anciens Grecs, les Français du dernier fiècle difaient que la Tragédie doit développer les *Sentimens*, & non pas les feules paffions. Auffi n'y a-t-il aucune paffion dans l'Oedipe de Sophocle, ni dans l'Athalie de Racine. Eft-ce par les paffions que le caractère de Mérope, ou celui du vieil Horace, émeuvent fi puiffamment l'ame des Spectateurs ?

Il y aurait bien des chofes à dire fur tous les dogmes nouveaux que l'on débite aujourd'hui. Chacun fe fait fa petite Poëtique particulière. On veut réduire la vafte carrière de l'Art, au petit coin que l'on y occupe. On s'attache à une branche, & on prétend qu'il n'y en a point d'autre. On juge les Tragédies de fes Confreres d'après la derniere Tragédie que l'on a faite foi-même. Je n'entends rien à cette Logique. Plus j'ai étudié nos Grands-Maîtres, plus j'ai voulu approfondir mon Art : & plus j'en ai découvert l'immenfe étendue.

Je fens qu'il devient abfolument néceffaire de ramener les efprits du Public dont *le goût eft égaré par tous nos Raifonneurs* *. Je me propofe de donner inceffamment un Ouvrage fur la Tragédie; dans lequel, en rappelant les grands exemples qu'on cherche à faire oublier, je tâcherai de raffermir les principes fondamentaux que l'on ébranle à force de difcuffions. Cet Ouvrage eft le fruit de douze années d'étude ; & j'efpere y prouver que je fais auffi bien les règles du Théâtre que les Auteurs qui m'accufent de les ignorer. En attendant je peux dire à plufieurs autres de mes Critiques ce que Racine difait, d'après un Ancien, à des Courtifans qui foutenaient qu'une de fes Tragédies bleffait toutes les Regles : *A Dieu ne plaife que vous foyez jamais fi malheureux, que de favoir ces Regles-là mieux que moi.*

---

* Ce font les termes d'une Lettre de M. de Voltaire à M. de Belloy.

Au reſte, je ne ſuis pas aſſez aveugle pour prétendre que ma Tragédie ſoit ſans défauts. Mais quand elle ſerait auſſi voiſine de la perfection, qu'elle en eſt éloignée ; je prétendrais encore moins qu'elle dût plaire à tout le monde. Phèdre, le Chef-d'œuvre du Génie, fut ſifflée par le Duc de Nevers & par Madame Deshoulieres. C'étaient cependant des Perſonnes de beaucoup de mérite, des Beaux-Eſprits très-célèbres dans leur tems. Mais ce n'eſt pas le Bel-Eſprit, c'eſt le Sentiment qui doit juger le Génie. Pour moi, trop faible Diſciple de Racine, je n'aſpire pas follement à me voir mieux traité que mon Maître. Au contraire, je me tiendrai fort honoré ſi je parviens à mériter des Cenſeurs auſſi illuſtres que les ſiens.

Fin de la Préface.

LE SIÉGE

LE SIÉGE

DE

CALAIS.

PERSONNAGES.

ÉDOUARD III. *Roi d'Angleterre.*

GODEFROI DE HARCOURT, *l'un des Généraux de l'Armée Anglaise.*

ALIÉNOR, *fille du Comte de Vienne, Gouverneur de Calais.*

MAUNI, *Chevalier Anglais.*

LE COMTE DE MELUN, *Chevalier Français.*

EUSTACHE DE SAINT-PIERRE *Maire de Calais.*

AURELE, *son Fils.*

AMBLÉTUSE, *Bourgeois de Calais.*

UN OFFICIER Anglais.

TROUPE DE CHEVALIERS Anglais.

TROUPE DE BOURGEOIS de Calais.

UN HÉRAULT D'ARMES.

GARDES d'Édouard.

La Scène est à Calais.

Les trois premiers Actes & le cinquième se passent dans la Salle d'Audience du Palais du Gouverneur: le quatrième, dans la Prison qui est un souterrain du même Palais.

LE SIÉGE
DE CALAIS,
TRAGÉDIE.

✕✕✕✕✕✕✕✕✕✕✕✕✕✕✕✕✕✕✕✕✕✕✕✕✕✕✕✕✕✕✕✕

ACTE PREMIER.

SCENE PREMIERE.

EUSTACHE DE SAINT-PIERRE,
AMBLÉTUSE.

SAINT-PIERRE.

QUoi ! le Comte de Vienne eſt ſorti de Calais,
Et ſon ordre, avec vous, m'enchaîne en ſon Palais !
Il combat pour nos jours ; & ſa prudence active
Borne à des ſoins obſcurs notre valeur oiſive !

A ij

Prêts à voler soudain aux Postes menacés,
Au centre de nos murs son choix nous a placés :
Mais l'Anglais, prodiguant de trompeuses allarmes,
Pour affaiblir nos coups, a divisé nos armes.
O Patrie !. . . . ô tourment pour un vrai Citoyen !
Je vois ton sang versé, sans y mêler le mien !
De ce fier Gouverneur la funeste vaillance
Toujours aux grands périls réserve sa présence.

AMBLÉTUSE.

O Maire de Calais, modérez vos douleurs ;
L'absence des dangers afflige nos deux cœurs :
Mais vous avez un fils, que Vienne vous envie,
Qui peut au champ d'honneur mourir pour la Patrie :
Près de Vienne & d'Harcourt, par ses exploits naissans,
L'éclat de sa jeunesse honore vos vieux ans.
Pendant ce Siége affreux, son zèle & son courage
De notre délivrance ont commencé l'ouvrage :
Quel bonheur, si ce jour consommant nos travaux,
Joignait son nom vainqueur aux noms de nos Héros ;
S'il obtenait ce prix, le plus flatteur peut-être,
Le plus cher aux Français, l'estime de son Maître !

SAINT-PIERRE.

Généreux Amblétuse, en vain à ma douleur
D'un avenir si doux tu présentes l'erreur :

Par un trouble inconnu, malgré moi, je rejette
L'image d'un bonheur que mon ame fouhaite.

AMBLÉTUSE.

Quoi ! vous défefpérez du fort de ce combat ?

SAINT-PIERRE.

J'efpere tout, ami, des deftins de l'État.
Malheur aux Nations qui, cédant à l'orage,
Laiffent par les revers avilir leur courage ;
N'ofent braver le Sort qui vient les opprimer,
Et, pour dernier affront, ceffent de s'eftimer.
De notre efpoir encor rien ne tarit les fources ;
C'eft par les grands malheurs qu'on apprend fes ref-
fources.
Je pourrai, dans ce jour, périr avec mon fils ;
Mais ma mort peut fervir au bien de mon Pays :
Et fi nos Citoyens tiennent tous ce langage,
Du falut de l'État c'eft le plus fûr préfage.

AMBLÉTUSE.

Ils ont appris de vous à triompher du Sort ;
Croyez qu'ils béniraient leur chûte avec tranfport,
Si Calais, en tombant, pouvait fauver la France.

SAINT-PIERRE.

C'eft-là, je l'avouerai, ma plus ferme efpérance.
Je doute qu'en nos murs nous voyons introduit

Le fecours qu'à grands pas le Roi même y conduit,
Peut-il forcer ce Camp d'étonnante ftructure,
Ce chef-d'œuvre de l'Art fervi par la Nature ;
Qui, nous environnant d'immenfes boulevards,
Forme un autre Calais autour de nos remparts ?
Comment Vienne & le Roi, que l'Ennemi fépare,
Se concerteront-ils pour l'affaut qu'on prépare ?
Du Vainqueur de Créci le fatal afcendant
Du fuccès d'Édouard eft le trifte garant
En vain Louis d'Harcourt à Valois fi fidèle,
Contre un Frere profcrit vient fignaler fon zèle :
Ce coupable Héros, ce bouillant Godefroi,
Long-tems l'efpoir des Lys, auiourd'hui leur effroi,
Bravant de nos Guerriers l'imprudence hardie,
Accable la Valeur fous l'effort du Génie :
Pour fes yeux pénétrans l'Art n'a plus de fecrets ;
La France doit fa perte aux talens d'un Français.

AMBLÉTUSE.

Des brigues de la Cour quel effet déplorable !
Ce fut en l'outrageant qu'on le rendit coupable.
Innocent & plongé dans l'horreur des cachots,
La feule excufe, hélas ! des erreurs d'un Héros,
La vengeance, égara fon ardente jeuneffe :
L'exil accrut encor cette fanglante ivreffe :

Aux rigueurs du Miniſtre oppoſant l'attentat,
Un ſeul homme opprimé fit les maux de l'État.

SAINT-PIERRE.

J'entends toujours gronder ces foudres mugiſſantes.

AMBLÉTUSE.

L'écho des Mers répond ſous nos voûtes tremblantes.

SAINT-PIERRE.

Eh! que peut déſormais tout l'effort d'un grand cœur
Contre les noirs Volcans d'un airain deſtructeur,
Qui ſemble renfermer le dépôt du Tonnerre,
Et dont le ſeul Anglais effraye encor la Terre :
Mais qui, des Nations règlant bientôt le ſort,
Dans le Monde étendra l'empire de la Mort ?
Monument infernal d'un ſiècle d'ignorance,
Où l'art de ſe détruire eſt la ſeule ſcience.
    Grand Dieu, c'eſt pour punir les crimes des Humains
Que du feu de l'Enfer tu viens d'armer nos mains :
Et tu peux t'en remettre à nos cœurs ſanguinaires
De rendre ce fléau plus mortel à nos Frères.
    Amblétuſe, le bruit eſt ſoudain ſuſpendu.

AMBLÉTUSE, *après avoir écouté un moment.*
O ſilence effrayant !

SAINT-PIERRE.
Ami, tout eſt perdu.

A iv

Je ne vois point flotter l'étendart de la gloire,
Qui devait, fur la Tour, m'annoncer la victoire.

AMBLÉTUSE.

Il n'en faut point douter, nos Guerriers font vaincus.

SAINT-PIERRE.

S'il eft vrai, je friffonne... Ah! mon fils n'eft donc plus.
Il n'a jamais fu fuir : fa chaleur indifcrette
Voit comme un déshonneur la plus fage retraite :
Il eft mort; & mes pleurs... Que fais-je? O mon Pays,
Quand je t'aurai fauvé, je pleurerai mon fils.
  Amour de la Patrie, ô pure & vive flâme,
Toi, Mère des vertus; toi, l'âme de mon âme,
Rallume dans mon fein tes tranfports généreux ;
Que mes pleurs paternels foient féchés par tes feux :
C'eft mon Pays, mon Roi, la France qui m'appelle,
Et non le fang d'un Fils qui dut mourir pour elle.

(*A Amblétufe.*)

Courez à nos remparts, allez tout éclaircir.

SCENE II.

SAINT-PIERRE, *feul.*

Voici donc le moment que j'ai fu preffentir !
De tant de jours cruels voici l'heure dernière ! ...
Mais elle ouvre à l'Honneur la plus vafte carrière ;
C'eft l'inftant du Héros.... Rien ne paraît encor.

Digne fille de Vienne, intrépide Aliénor,
Qu'allez-vous devenir ?.... Du haut de nos murailles,
Elle a dû voir le fort de ces triftes batailles :
Et Vienne, qui toujours rentrait ici vainqueur,
Ne voulait point furvivre à fon premier malheur.
Elle approche.

SCENE III.

ALIÉNOR, SAINT-PIERRE.

ALIÉNOR, *en pleurs, foutenue fur une*
de fes femmes.

O mon père !

SAINT-PIERRE.

A peine elle refpire.

Madame, eh! quoi, vos pleurs!....

ALIÉNOR,

    Ils doivent tout vous dire.
Si des revers plus grands pouvaient nous accabler,
Le Destin contre nous saurait les rassembler.
Le Roi, mon Père, Harcourt, d'une ardeur incroyable,
Ont assailli par-tout ce Camp si redoutable ;
J'ai vû périr Harcourt, on dit le Roi blessé,
Et mon père est captif d'un Vainqueur courroucé.
 Nos soldats s'avançaient dans un calme terrible,
Soudain tonne l'airain, jusqu'alors invisible :
Et ses bouches de feu vomissent dans nos rangs
Les instrumens de mort qu'il porte dans ses flancs.
Nos braves Chevaliers, & mon père à leur tête,
De cent globes de fer ont bravé la tempête :
Quand, sous des coups mortels son coursier chancelant,
L'entraîne, & se débat sur mon père sanglant.
Plus prompts que tous mes cris, qu'ils ne pouvaient
    entendre,
Les Français éperdus volent pour le défendre :
Combien l'amour encore embrâsait leur valeur !
Pour leur père commun ils avaient tous mon cœur.
Mais toujours plus fatal pour les plus magnanimes,
Ce foudre inépuisable entasse ses victimes :

Et nos rangs écrafés par fes feux renaiffans,
Ne font qu'un long monceau de cadavres fumans.
Sur les reftes épars de ce vafte carnage,
Le glaive a, de la flâme, achevé le ravage :
Et des Anglais vainqueurs, en déteftant fes jouis,
Mon père enfin reçoit des fers & des fecours :
C'eft au fils d'Édouard, jaloux de fa vaillance,
Qu'on dit qu'il a rendu les débris de fa lance.

SAINT-PIERRE.

Quel fort ! Autant que vous je m'en dois affliger....
Mais ma bouche frémit de vous interroger,
Madame. Je fus père : ah ! ce combat funefte
M'enlève-t-il encor le feul fils qui me refte ?

ALIÉNOR.

Je l'ai vu, malgré lui, porté par nos foldats,
Qu'il inondait du fang qui coulait de fon bras :
Tant qu'il a pu combattre, il fut notre efpérance.

SAINT-PIERRE.

Il refpire ! & fon fang a coulé pour la France !....
Double faveur des Cieux qui fe répand fur moi !
J'ai donc un fils encore à donner à mon Roi !

ALIÉNOR.

Dieu ! l'admiration a fufpendu mes larmes.
O cœur vraiment Français ! ô tranfport plein de
　　charmes !

Quand Vienne me quittait pour ses devoirs cruels,
Vous remplissiez vers moi ses devoirs paternels:
Je le revois toujours dans votre ame intrépide;
Quel cœur, auprès de vous, peut être encor timide?

SAINT-PIERRE.

Je cours sur les remparts recueillir nos débris.

ALIÉNOR.

Demeurez. C'est un soin qu'Aurèle a déja pris.
L'Anglais est retiré; son camp paraît tranquille;
Tout est en sûreté sur les murs de la Ville.
Mais du fort de mon père il faut nous occuper:
Au courroux du Vainqueur pourra-t-il échapper?
Pour savoir ses destins, ma frayeur & mon zèle
Députent vers l'Anglais un Ecuyer fidèle:
Pardonnez: ses périls, présens à mes douleurs,
Ébranlent mon courage & m'arrachent des pleurs.
Vous le voyez, hélas! sage & brave Saint-Pierre,
Édouard, peu content du Thrône d'Angleterre,
Veut encor, dans Paris, hériter de nos Rois:
De sa mère, avec faste, il réclame les droits:
Valois même, à ses yeux, n'est qu'un Prince rebelle.
S'il va punir mon père en Sujet infidèle?

SAINT-PIERRE.

Édouard, des Français, cherche à gagner les cœurs,
Et non à les aigrir par d'injustes rigueurs.

Mais , fi de fon courroux la prompte violence
Peut fur la politique emporter la balance ,
Le jeune Harcourt ; qui brille entre fes favoris ,
Harcourt , que votre père éleva comme un fils ;
Lui , qui formant l'efpoir du plus tendre hyménée,
Vit à fa noble ardeur votre main deftinée ;
Lui , l'Auteur de vos maux qu'il plaint au fond du
      cœur ,
Saura fléchir ce Roi que lui feul rend vainqueur.

ALIÉNOR.

Ah ! c'eft le feul Français parjure à fon vrai Maître,
Que j'aurais à rougir des bienfaits de ce traître !
Son nom eft mon opprobre : & fes perfides mains
Ont brifé, dès longtems, tous les nœuds les plus faints ;
Il outragea l'amour.... l'amour qui parle encore
Pour l'ingrat qui l'oublie & qui le déshonore.
Quand j'acceptai fon cœur, il méritait le mien :
L'attrait de fes vertus fut mon premier lien :
Mes feux n'empruntaient pas ces ombres du myftère,
Des coupables amours refuge néceffaire :
Dans la fimplicité d'une innocente ardeur
On ofe à l'Univers avouer fon vainqueur.
Soit que dans les Tournois , école de la Gloire ,
Il fît le noble effai des jeux de la Victoire ;
Soit que fon bras , vengeur des Chrétiens avilis ,

Abbatît le Croiffant & relevât les Lys ;
Mes chiffres, mes couleurs ornaient toujours fes
    armes ;
Toujours il crut fon fang trop payé par mes larmes ;
Ah ! ce fang était pur. En plaignant fon malheur,
L'amour était du moins confolé par l'honneur :
Mais il me faut pleurer, dans fon triomphe impie,
Des exploits dont l'éclat augmente l'infamie.

SCENE IV.

ALIÉNOR, SAINT-PIERRE, AMBLÉTUSE.

AMBLÉTUSE.

IL n'eft plus d'efpérance : & j'ai vu votre fils
Bleffé, mais plus ardent, raffembler nos débris.
A travers la pâleur qui couvrait fon vifage,
Ses yeux étincelaient du feu de fon courage.
A peine de fon fang on arrête les flots,
Qu'au-devant de la Mort il retourne en Héros ;
Et du brave Mauni repouffant les bannières,
Il a, pour la retraite, affuré nos barrières.
Il voulait plus. Nos foins retiennent fa chaleur ;
Imprudence excufable à fa jeune valeur.
Le voici.

SCENE V.

ALIÉNOR , SAINT-PIERRE, AMBLÉTUSE , AURELE *le bras en écharpe , & soutenu par un Bourgeois.*

SAINT-PIERRE , *allant vers son fils & l'embrassant.*

VIENS , reçoi le prix de ton courage ,
Mon cher fils. De mon sang tu fais un digne usage;
Du plaisir de le voir noblement répandu,
Sens tressaillir ce cœur de qui tu l'as reçu.

AURELE.

J'en conserve , mon père, en ces momens funestes,
Assez pour honorer & vendre cher ses restes ;
Et pour tenir , peut-être , à nos fiers ennemis ,
Ce qu'en d'autres combats mes essais ont promis.
De mes sens trop émus excusez la faiblesse.

(*Il s'assied ; son père le serre dans ses bras.*)

Vos yeux baignent mon front de larmes d'allégresse;
Que ne puis-je en triomphe expirer dans vos bras ;
Vous montrer ces remparts sauvés par mon trépas ;

Donner, en vrai Français, à mon heure dernière;
Mon sang à ma Patrie, & mes pleurs à mon Père!

(*A Aliénor.*)

Madame, savez-vous le nom de mon vainqueur?
Sous le bras d'un Héros je tombe avec honneur.
Je défendais Harcourt mourant sur la poussière;
Un Guerrier m'a blessé.... J'ai reconnu son frère:
Dans cet instant fatal ils se sont vus tous deux...
Jugez si le mourant est le plus malheureux.

ALIÉNOR.

Ciel! tu veux lui choisir les plus chères victimes!
Qu'il doit être effrayé du bonheur de ses crimes!

AMBLÉTUSE, *à Saint-Pierre.*

Ami, les Chefs du Peuple, en ce moment d'effroi,
Sur leurs derniers devoirs viennent prendre ta loi.

SAINT-PIERRE *fait signe qu'on les laisse entrer.*

(*A Aliénor.*)

Rendez-leur votre père en gouvernant leur zèle.
Que votre Sexe en vous ait toujours un modèle:
Souverain des Français, il peut tout sur leurs cœurs;
C'est lui qui fait souvent leur gloire ou leurs malheurs;
Et lorsque les vertus font un droit pour lui plaire,
En aimant la Patrie, il nous la rend plus chère.
D'un Peuple sans espoir éclairez la valeur;
Vous étes son Oracle, il consulte l'Honneur.

SCENE VI.

SCENE VI.

ALIÉNOR, SAINT-PIERRE,
AURÈLE, AMBLÉTUSE,
CHEFS DES BOURGEOIS.

SAINT-PIERRE.

Défenseurs de Calais, Chefs d'un Peuple fidèle,
Vous, de nos Chevaliers, l'envie & le modèle ;
Faudra-t-il, pour un tems, voir les fiers Léopards
A nos Lys usurpés s'unir sur nos remparts ?

La seconde moisson vient de dorer nos plaines
Et de tomber encor sous des mains inhumaines
Depuis que d'Edouard l'ambitieux orgueil,
Dans nos Forts ébranlés, voit toujours son écueil.
La valeur des Français dispute à leur prudence
L'honneur de tant d'exploits & de tant de constance,
Vingt fois de ses travaux comptant le dernier jour,
L'Anglais de l'autre Aurore appelait le retour ;
Et par nos murs ouverts respirant le carnage,
Sur leurs restes tombans méditait son passage :

B

Le jour reparaissait: & ses regards surpris
Trouvaient un nouveau mur formé des vieux débris.
Ses piéges destructeurs renversés sur lui-même,
Ce courage plus grand que son courage extrême,
L'ont enfin, malgré lui, contraint de renoncer
Aux périls, aux assauts qui n'ont pu vous lasser.
Il remit sa victoire à ces fléaux terribles,
De l'humaine faiblesse ennemis invincibles :
Nous vîmes ces fléaux, l'un par l'autre enfantés,
Multiplier la Mort dans ces lieux dévastés :
Du Ciel & des Saisons les rigueurs meurtrières,
La disette, la faim nous ont ravi nos frères ;
Et la contagion, sortant de leurs tombeaux,
De ces morts si chéris fait encor nos bourreaux.

   Le plus vil aliment, rebut de la misère,
Mais, aux derniers abois, ressource horrible & chère,
De la fidélité respectable soutien,
Manque à l'Or prodigué du riche Citoyen ;
Et ce fatal combat, notre unique espérance,
Nous sépare à jamais des secours de la France :
Tandis que cent vaisseaux environnant ce port,
Renferment, avec nous, l'indigence & la mort.

   Si, d'un Peuple assiégé, la dernière infortune
Ne nous avait réduits qu'à la douleur commune
De céder au Vainqueur vaillamment combattu,

J'y pourrais, avec vous, réfoudre ma vertu.
Mais l'injufte Edouard nous ordonne le crime ;
Il veut qu'en abjurant notre Roi légitime,
Sur le Thrône des Lys, au mépris de nos Loix ;
Un ferment facrilège autorife fes droits :
Il prétend recevoir fes conquétes nouvelles,
En Prince qui pardonne à des Sujets rebelles.
Vous ne donnerez point, à nos triftes Etats,
Cet exemple honteux.... qu'ils n'imiteraient pas :
Vous n'irez point fouiller une gloire immortelle,
Le prix de tant de fang, le fruit de tant de zèle :
Nous mourrons pour le Roi, pour qui nous vivions
       tous.
Choififfez le trépas le plus digne de vous :
Je vous laiffe l'honneur de tracer la carrière,
Content que ma vertu s'y montre la première.

ALIÉNOR.

Citoyens, j'entrevois quel effort courageux
Attend, fans le prefcrire, un Chef fi généreux.
Mon père projettait un noble facrifice......
Quel bonheur que fans lui fa fille l'accompliffe !
Ah ! j'en rends grace au Ciel. Calais fut mon berceau,
Et je veux avec vous y trouver mon tombeau.
Puifque votre valeur ne peut plus s'y défendre,
Faifons-nous un bûcher de la Patrie en cendre.

                          B ij

Songez que, cette nuit, le Vainqueur furieux,
Peut, au premier aſſaut, ſe voir maître en ces lieux:
De ce Peuple, épuiſé par tant de funérailles,
A pèine un faible rang couronne nos murailles:
Attendrez-vous, amis, ainſi que dans Beauvais,
Que le ſoldat féroce, avide de forfaits,
Sur le ſein palpitant des femmes égorgées,
Traîne vos fils ſanglans, vos filles outragées?
Ah! prévenez le crime en cédant au malheur;
Que la Mort ſoit du moins l'aſile de l'Honneur.
Vous verrez, comme moi, vos épouſes fidèles
Encourager vos mains heureuſement cruelles,
Et preſſant dans leurs bras leurs pères, leurs époux,
Sous nos toits enflammés s'élancer avec vous.
Qu'Edouard n'ait conquis, dans une année entière,
Qu'un ſtérile monceau de cendre & de pouſſière:
Que le parjure Harcourt, confus, déſeſpéré,
Reconnaiſſe les cœurs dont il s'eſt ſéparé;
Qu'il en meure de honte: & que mon digne père
Me pleure en m'admirant... comme il pleura mon
   frère.
Enfin, qu'au ſein des feux qui vont nous dévorer,
Où notre gloire encor va ſe voir épurer,
Nous puiſſions dire au moins que, ſans changer de
   Maître,
Ceſſant d'être Français, Calais a ceſſé 'être.

AURELE.

O noble emportement ! défefpoir de l'Honneur
Qui ranime mes fens & paffe dans mon cœur
Oui, d'un œil inquiet, la France nous contemple
Et fon fort déformais dépend de notre exemple :
Il faut, pour relever fes Peuples abbatus,
Hors du terme commun leur montrer des vertus.
Pour chaffer de nos bords ce vaillant Infulaire,
Pour ravir notre Sceptre à fa race étrangère ;
Prouvons lui que fon bras peut nous anéantir,
Peut nous réduire en poudre, & non nous affervir.
L'Anglais nous enviera nos fépulchres de flâme :
Si d'une faible argile il affranchit fon âme,
S'il brave la Nature & l'ofe furmonter,
Notre amour pour nos Rois peut auffi la dompter.
Courons. (*Il prend la main de fon père & s'arrête.*)
                    Mais je verrai, par des flâmes cruelles,
Dévorer cette tête & ces mains paternelles !....
Je ne le verrai point, ils en frémiffent tous......
Plus jeune, je faurai m'y plonger avant vous.
                                        (*Il veut fortir.*)

SAINT-PIERRE, *l'arrêtant.*

Demeure.... O mes amis ! c'eft le Ciel qui m'infpire :
Vous vivrez. J'ai fauvé des Héros que j'admire :
Au Monarque, à l'Etat, confervez vos grands cœurs.

(*A Aliénor.*)

Déclarons à l'Anglais vos projets deſtructeurs :
Offrons d'y renoncer , de lui rendre la Ville ,
Et l'Or , & ces dépôts de richeſſe inutile ;
S'il nous laiſſe partir , Guerriers , Femmes , Enfans ,
Et porter tous au Roi nos ſervices conſtans.
Je conçois , d'Edouard , la rage frémiſſante....
Pour ſauver ſa conquête , il faut qu'il y conſente.
Eh ! qu'importe à Philippe , en ſes nobles projets ,
De perdre des remparts , s'il garde ſes Sujets ?
Abandonnons pour lui , nos biens , notre patrie ,
Sacrifice plus grand que celui de la vie.
Son malheur nous appelle auprès de ſes drapeaux ,
Oublions nos revers dans des périls nouveaux ;
Qu'il remette en nos mains aux combats exercées ,
Ses remparts les moins ſûrs , ſes villes menacées :
Et qu'en nous y trouvant , les Anglais rebutés
Reconnaiſſent Calais dans toutes nos Cités.

Madame , à ce diſcours , vous voyez que la joie ,
Comme ſur votre front , dans leurs yeux ſe déploie :
Partez , brave Amblétuſe , allez en ſûreté
Au Conquérant Anglais propoſer ce traité :
Nous, annonçons au Peuple un bonheur qu'il ignore...
Quel préſent je vais faire au Maître que j'adore !

Fin du premier Acte.

ACTE II.

SCENE PREMIERE.

LE COMTE D'HARCOURT, *seul.*

Dans mes sens soulevés quel tumulte confus !
Je rougis de moi-même & ne me connais plus.
Cité que je remplis d'infortune & de gloire,
Contemple ton vainqueur, il pleure sa victoire.
Cher Harcourt ! O mon frère, à mes yeux immolé !
O Mortel vertueux !.... à qui j'ai ressemblé,
Sans cesse, autour de moi, je vois ton Ombre errante ;
J'entends les longs sanglots de ta bouche expirante.
Que de devoirs sacrés, méconnus si longtems,
Rentrent tous dans mon âme, à tes derniers accens !
Ils frappent, par ta voix, mon oreille éperdue ;
Ton sang, de tous côtés, les retrace à ma vue.

La honte, les remords, la rage, la douleur;
Mille poisons brûlans fermentent dans mon cœur:
Et l'Amour, plus terrible en ce désordre extrême,
S'accroît par les tourmens qu'il redouble lui-même.
　　O toi! dont j'ai trahi la respectable ardeur,
Dont j'ai semé les jours d'amertume & d'horreur;
Si la vengeance habite en ton ame outragée,
Viens jouïr de mes maux, ils t'ont assez vengée.

SCENE II.

HARCOURT, UN OFFICIER ANGLAIS.

HARCOURT.

EH! bien, qu'a-t-elle dit?

L'OFFICIER.

　　　　　　Elle vient sur mes pas;
Et j'ai rempli votre ordre en ne vous nommant pas.

HARCOURT.

Je brûle de la voir.... & tremble à son approche.
De ceux qu'on a trahis l'aspect est un reproche.
　　　(Il fait signe à l'Officier de se retirer.)

SCENE III.

HARCOURT, ALIÉNOR.

ALIÉNOR.

(Du fond du Théâtre, marchant vers le Comte,
sans l'envisager.)

SEIGNEUR, je l'avouerai, d'un Monarque
    vainqueur,
Je n'ofais point attendre un tel excès d'honneur :
Quoi ! pour me raffurer fur le fort de mon père,
Il m'envoie....

(Harcourt fe jette à fes pieds.)
   Ah ! Grand Dieu ! c'eft Harcourt... Témérair
Qui peut donc m'expofer à l'horreur de te voir ?

HARCOURT.

Le repentir en pleurs, l'amour au défefpoir.
Ah ! calmez un moment cette ardente colère.

ALIÉNOR.

Obéis à ton Roi : parle moi de mon père.

HARCOURT.

Edouard vous promet de refpecter fes jours.

ALIÉNOR.

(*Avec joie.*)

Ah !.... je peux donc ceſſer d'entendre tes diſcours ;
Adieu.

HARCOURT, *la ſuivant.*

Vous m'entendrez, ou ma mort eſt certaine ;
Mon amour furieux ſervira votre haine.

(*L'arrêtant.*)

Demeurez, ou mon ſang va rejaillir ſur vous.

(*Il met la main à ſon épée.*)

ALIÉNOR.

Ce crime te manquait pour les couronner tous.
Malheureux, meurs encor ſans réparer ta vie.

HARCOURT.

Je veux la réparer : c'eſt mon unique envie ;
Daignez ſervir de guide aux aveugles tranſports
De ce cœur, forcené juſques dans ſes remords.
Ce choc tumultueux des remords & du crime,
Va m'égarer peut-être au ſortir de l'abîme :
Un regard ſur moi-même obſcurcit ma raiſon.
Opprobre de l'Amour, fléau de ma Maiſon,
Horreur du nom d'Harcourt dont j'ai flétri la gloire...

ALIÉNOR.

Le nom d'Harcourt flétri ! lâche, oſes-tu le croire ?

Va, le nom des Héros, par un Traître porté,
N'arrive pas moins pur à l'Immortalité :
Leur gloire, fur ton front repouffant l'infamie,
Sert à mieux l'éclairer, fans en être obfcurcie.
Ta honte eft à toi feul ; & tes Fils glorieux
Oublieront ton néant, pour nommer leurs Aïeux :
Te voilà retranché d'une race immortelle,
Que déjà tu couvrais d'une fplendeur nouvelle.
De ces fameux Harcourts les Mânes empreffés
S'attendaient à l'honneur de fe voir furpaffés :
Ton cœur a démenti fa promeffe fublime ;
Tu fais de cent vertus les inftrumens du crime.
Avec moins de talens, ton frère plus humain,
Lui qui vient de périr, peut-être fous ta main,
Offrait à notre amour, par un rare affemblage,
Le Citoyen, l'Ami, le Guerrier, & le Sage :
Utile à fa Patrie & fidèle à fes Rois,
Ses illuftres revers flétriffent tes exploits :
Contre lui, contre Vienne, armant tes bras perfides,
Tes victoires étaient autant de parricides.
Achéve. Ofe, cruel, fous ces murs malheureux,
Me voir plonger vivante en des törrens de feux :
Cueille ces vils lauriers que l'Anglais veut te vendre,
Trempés du fang d'un frère & couverts de ma
    cendre.

HARCOURT.

Ah ! quels traits déchirans vous plongez dans mon sein !
Que d'horreurs !... quoi ! mon frère expirer par ma
  main !
Non... Mais sa mort me rend à l'espoir de ma race.
Que n'étiez vous présente au jour de ma disgrace !
L'ascendant, que sur moi vous donnaient vos appas,
Sur le penchant du crime eût retenu mes pas.
En me privant de vous, on me rendit rebelle :
Exilé de la France & soupirant vers elle,
Je m'armai pour punir un Ministre oppresseur,
Pour l'en chasser moi-même en y rentrant vainqueur.
Ah ! de ses fils absens la France est plus chérie :
Plus je vis d'Étrangers, plus j'aimai ma Patrie.
C'est pour elle & pour vous que j'ai tout entrepris,
Ma valeur en vous deux voyait son plus doux prix :
Edouard sut flatter mon amour, ma vengeance,
Edouard me parut le vrai Roi de la France.
Mais le trépas d'Harcourt, terrassant ma fureur,
Vient, par un coup de foudre, éclairer mon erreur.
    Sur des Morts entassés me frayant un passage,
Mon courroux poursuivait les débris du carnage ;
Je m'entends appeler d'une mourante voix,
Je m'arrête.... O mon frère !... à mes pieds je le vois,
Me tendant une main déchirée & tremblante ;
Le sang coule à longs flots de sa tête fumante ;

Ses cheveux tout trempés , & sur son front épars ,
Me laissent avec peine entrevoir ses regards.
» Viens, qu'au dernier soupir, viens, qu'un frère t'em-
        brasse :
» Puisse ma mort du moins m'obtenir une grace !
» Le Roi perd un Soldat : qu'il trouve plus en toi ;
» Va lui rendre un Héros, meurs un jour comme moi.
Je l'embrasse , & son sang est lavé par mes larmes ;
Il expire... Je tombe étendu sur ses armes ;
On nous porte tous deux aux tentes des Vainqueurs.
Mes sens sont ranimés par l'excès des douleurs.
Votre nom prononcé dans ces momens terribles ,
Vos dangers, le récit de vos projets horribles ,
Vienne & ses durs mépris, tout , confondant mes
        vœux ,
En a tourné vers vous le reflux orageux :
Et je sens que l'Amour , lorsque l'Honneur épure ,
Donne encor plus de force au cri de la Nature.

ALIÉNOR.

Eh ! bien , ose venger nos maux & tes forfaits.
Je peux tout oublier . . . Viens délivrer Calais,
Rends un malheureux pere à sa fille tremblante,
Et la gloire , & la vie à la France expirante.
De quelle ardeur j'irais te couvrir des lauriers
Qu'un noble amour prépare aux dignes Chevaliers !

Mais hélas !...Vaine erreur ! fonge de l'Efpérance !
Le falut de Calais n'eft plus en ta puiffance :
La faim vient d'énerver un refte de foldats ,
Leurs intrépides cœurs ne trouvent plus de bras.
D'ailleurs de tous nos Chefs la promeffe facrée
De ces murs, à l'Anglais, offre déjà l'entrée.

HARCOURT.

Oui, je connais l'abîme où je fuis entraîné.
A des crimes encor par mon crime enchaîné ,
La vertu m'offre en vain de tardives lumieres,
J'ai mis entr'elle & moi d'invincibles barrieres.
Mais...je puis des Français rejoindre les drapeaux....
Que dis-je ?... Eh ! penfez-vous qu'à mes fermens
            nouveaux
L'inflexible Valois rende fa confiance ?
Édouard a des droits fur ma reconnaiffance :
Sa fidèle amitié me livra fes fecrets :
Irai-je , contre lui, m'armer de fes bienfaits ;
Moi , qui malgré la voix de fon Sénat augufte ,
L'ai feul précipité dans cette guerre injufte ?
Ah ! le Comte d'Artois traina jufqu'à la mort
L'horrible défefpoir d'un impuiffant remord ,
Et cet exemple affreux vient de montrer peut-être
L'inévitable fin de qui trahit fon Maître.

ALIÉNOR.

Qui s'avance en ces lieux ? Je vois de toute part
Les Chefs des Citoyens . . .

HARCOURT.

C'eſt l'ami d'Édouard ;
C'eſt le brave Mauni , que cette garde annonce ;
Et qui vient de ſon Prince apporter la réponſe.

SCENE IV.

ALIÉNOR , HARCOURT , MAUNI ,
EUSTACHE DE SAINT-PIERRE ,
AURÈLE , AMBLÉTUSE , CHEFS
DES BOURGEOIS , ÉCUYERS.

MAUNI.

REBELLES , qui bravez dans Édouard vainqueur
Les droits de ſa naiſſance & ceux de ſa valeur ,
Si ma main n'arrêtait les traits de ſa colère ,
Les ſupplices ſeraient votre commun ſalaire ;
A la fureur du Glaive il vous livrerait tous ,
Et vos toits foudroyés s'écrouleraient ſur vous.
Mais il dédaigne enfin une foule inſenſée ,
Qui court à ſa ruine en victime empreſſée ,

Et des loix d'un Héros ignorant la douceur,
Se punit elle-même en fuyant son bonheur.

Partez, prenez encor l'Usurpateur pour Maître :
Mais sachez qu'un tel Roi n'a pas longtems à l'être ;
Et que sous ses drapeaux, s'il peut les relever,
Le bras de vos Vainqueurs saura vous retrouver.

D'Édouard cependant la sévère justice
Éxige, & j'en frémis, un sanglant sacrifice.
» Ma clémence, dit-il, n'a fait que des ingrats,
» Et par l'impunité j'invite aux attentats :
» Le châtiment du crime en détruira l'exemple.
Il veut qu'avec terreur la France vous contemple :

(*Sans dureté.*)

Au glaive des bourreaux il vient de condamner
Six de vos Citoyens, qu'il faut m'abandonner.
Qu'en partant de ces murs votre choix me les livre
Allez, c'est à ce prix qu'il vous permet de vivre.

AMBLÉTUSE.

A cette indignité nous nous verrions réduits !

ALIÉNOR, *à Harcourt.*

Et de ton crime encor voilà de nouveaux fruits

HARCOURT.

Ah ! Dieu !

SAINT-PIERRE.

Soutiens, ô Ciel, la vertu malheureuse.

AURELE,

AURELE.

O de la cruauté recherche induſtrieuſe !
Férocité tranquille en ſa feinte douceur ,
Qui même , avec le jour, veut nous ravir l'honneur !
L'Anglais va doublement repaître ſa furie
Du ſang de nos Guerriers & de notre infamie.
C'eſt peu pour Édouard d'immoler ſix Héros,
Il veut qu'en les livrant nous ſoyons leurs bourreaux,
Nous , placer ſous le fer les têtes les plus chères ,
Un père , des amis , nos enfans , ou nos frères !
Ah ! je frémis d'horreur qu'on oſe à des Français
Preſcrire inſolemment de ſi lâches forfaits.

(*A Mauni.*)

Qui peut les ordonner, les commettrait ſans doute.
C'eſt la honte, en ces lieux, non la mort qu'on redoute,
D'un Peuple vertueux le courage éprouvé,
Par un an de combats , doit vous l'avoir prouvé :
Et ſes derniers momens vont encor vous l'apprendre.
Tombons, braves amis, ſous notre Ville en cendre.

(*A Alienor.*)

Vous nous l'aviez bien dit : c'eſt l'unique ſecours
Qui ſauve notre gloire au défaut de nos jours.
Privons notre Ennemi, par cet effort inſigne ,
Du fruit de ſes exploits, dont il ſe rend indigne.

(*A Mauni.*)

Qu'aux yeux de l'avenir la place où fut Calais
Conſacre nos vertus , atteſte vos forfaits ,

C

Et foit le monument le plus brillant peut-être
Que l'amour des Français ait offert à leur Maître.

(*Les Bourgeois font un pas pour fortir.*)

HARCOURT, *impétueufement.*

Non , braves Citoyens, non , je ne puis fouffrir
Cette fublime horreur où je vous vôis courir.
Je prétends , envers vous, expier ma victoire :
Et chéri d'Édouard , je vais fauver fa gloire.
Je dois à mon honneur , au fien , à vos vertus ,
D'arracher le bandeau de fes yeux prévenus.
J'emploierai tous mes droits, tout.... jufques à mes
     larmes ....

   (*Avec dépit.*)

C'eft par moi qu'il n'a plus à craindre d'autres armes.
Mais s'il me rejettait , fi l'orgueil du bonheur
A tout ce qu'il me doit pouvait fermer fon cœur,
Je confondrai mon fang au fang des fix victimes ;
Et ce mélange heureux pourra laver mes crimes.
Vous verrez qu'un cruel , artifan de vos maux ,
Peut encore mourir de la mort des Héros.

   (*A Aliénor.*)

Mon cœur, en vous perdant, regrettera la vie ;
Mais mon dernier regret fera pour ma Patrie.

               [*Il fort.*]

SCENE V.

ALIÉNOR, MAUNI, SAINT-PIERRE, AURÈLE, AMBLÉTUSE, BOURGEOIS.

MAUNI.

Qu'IL fléchiſſe Édouard , il comblera mes vœux.
J'ai dû vous annoncer un ordre rigoureux ;
Mais je peux vous montrer , ſous un front moins fu-
    neſte ,
L'âme d'un Chevalier & d'un Vainqueur modeſte.
Des fureurs de mon Roi je gémis plus que vous ;
Vingt fois, pour les calmer, j'embraſſai ſes genoux ;
Sa Cour , qu'attendriſſait le reſpect & l'eſtime
Qu'inſpire à ſes Vainqueurs un vaincu magnanime,
En vain, pour le fléchir, ſecondait mes efforts ;
Rien ne peut appaiſer ſa haine & ſes tranſports.
Il croit qu'en ce moment la rigueur tyrannique
Eſt une Loi d'État, un devoir politique :
Et je crains que d'Harcourt l'impétueux courroux,
En voulant vous ſauver, ne le perde avec vous.

AMBLÉTUSE.

Eh ! bien, le déſeſpoir éclaire mon courage.
Pourquoi tourner ſur nous notre inutile rage ?

C ij

En courant à la mort d'un visage affermi ,
Que ne la portons-nous au sein de l'Ennemi ?
Ce n'est point à mourir que la Gloire convie ,
C'est à rendre sa mort utile à sa Patrie :
Un aveugle courage est-il une vertu ?
Qui ne sait que mourir, ne sait qu'être vaincu.
Qu'aux Tentes des Anglais la fureur nous entraîne,
Allons ensanglanter leur Victoire inhumaine ;
De notre perte encor forçons les à gémir :
Si l'on ne peut les vaincre , il faut les affaiblir.
Sous leur nombre accablant si la Valeur succombe,
Elle peut entraîner ses Vainqueurs dans sa tombe ;
Expirons dans leur sang : & que notre Pays ,
En perdant ses Vengeurs, compte moins d'Ennemis.

ALIÉNOR.

Faisons plus. Vous voyez qu'illustrant sès ruines ,
La France est maintenant féconde en Héroïnes :
L'Épouse d'Édouard & l'altière Monfort
N'ont pas seules le droit de mépriser la mort.
Allons ; il faut armer vos compagnes chéries,
Ou réservez le fer pour vos mains agguerries ,
Tandis que les flambeaux qui vont brûler Calais ,
Seront lancés par nous sur le Camp des Anglais.
Ah ! peut-être , en voyant l'ardeur qui nous anime ,
Harcourt y mêlera sa fureur légitime :

(*A Mauni.*)

Et faura, vous privant d'un bras toujours vainqueur,
Vers la Juſtice enfin ramener le Bonheur.

(*Les Bourgeois veulent encore fortir.*)

SAINT-PIERRE.

Français, où courez-vous ? Quel tranſport vous égare
L'Héroïſme, en vos cœurs, ne peut être barbare.

[*A Aliénor & à Amblétuſe.*]

Pardonnez. Votre avis eſt par moi combattu.
Un long âge m'apprit l'emploi de la Vertu :
Sous des cheveux blanchis la valeur eſt tranquille,
Elle perd quelqu'éclat & devient plus utile.

[*Aux Bourgeois.*]

Vous voyez qu'Édouard nous rend à notre Roi :
C'eſt le plus doux eſpoir qui flattât notre foi.
Comptables de nos jours au Monarque, à la France,
Irons-nous, dans l'ardeur d'une altière imprudence,
Perdre un Peuple ſi cher, que l'on peut conſerver,
Puiſqu'enfin ſix Mortels ont droit de le ſauver ?
Je ſens qu'avec juſtice on craint l'ignominie
De livrer des Français à qui l'Honneur nous lie :
Mais pour fuir cette honte, il eſt un choix permis ;
Je livre le premier ... moi-même.

AURELE, *vivement.*

Et votre Fils,

C iij

SAINT-PIERRE.

Oui, tu dois partager la gloire de ton Père.

AURELE, *se jettant à ses pieds.*

Grand Dieu! qu'en ce moment ma naiſſance m'eſt
chère !

AMBLÉTUSE.

Patrie, ah ! tombe aux piés de ton Libérateur.
Que dis-je ? en la ſauvant, il lui perce le cœur.
O Sacrifice affreux plein d'horreur & de charmes !
En attendant mon ſang, Ami, reçoi mes larmes.

[*A Mauni.*]

Seigneur, je vois qu'ici les plus braves Mortels,
Aux yeux de votre Roi ſont les plus criminels ;
Ce ſont eux, les premiers, que ſa haine menace;
Après ces deux Héros il a marqué ma place.

MAUNI, *à part, les larmes aux yeux.*

Dieu ! que ne ſuis-je né dans les murs de Calais ?

ALIÉNOR, *le ſurprenant, & avec vivacité.*

Citoyens, jouiſſez des pleurs de cet Anglais,....
Plus faite à vos vertus, en paix je les contemple :
Mais leur plus digne éloge eſt d'en ſuivre l'exemple.
Oui....

SAINT-PIERRE, *très-vivement.*

Madame, arrêtez. Je conçois votre espoir.
De nos Sexes ici distinguez le devoir :
Je puis, sans faire outrage à la gloire du vôtre,
Reclamer un honneur qui n'appartient qu'au nôtre :
Ceux qui, le fer en main, défendaient ce rempart,
Ont tous droit, avant vous, aux rigueurs d'Edouard.

(*A Mauni en lui rendant son épée.*)

De mes jours dévoués, Seigneur, voici le gage.
Ce glaive, cinquante ans, seconda mon courage :
Mais l'âge allait m'en faire un frivole ornement ;
Pouvais-je le quitter dans un plus beau moment ?

(*A son fils qui donne aussi son épée.*)

La France attendait plus du tien, mon cher Aurèl
Mais tu vécus assez, puisque tu meurs pour elle.

(*Amblétuse remet son épée à un Ecuyer de Mauni.*
Tous les Chefs des Bourgeois mettent la main
à leur épée, prêts à la donner.)

Que vois-je, mes amis ? A ce concours jaloux,
Il semble qu'au triomphe on vous appelle tous !
Mais il ne manque plus ici que trois victimes,
Et le reste du Peuple a des droits légitimes :
Venez, à votre gloire il faut qu'il soit admis.
Vos débats généreux au Sort seront remis :
En consacrant trois Noms, sur tous il va répandre
L'espoir d'un si beau choix & l'honneur d'y prétendre.

Ce choix fait, vers son Roi, tout Calais se rendra;
Sans regretter ses murs, qu'un jour il reverra.
Nous, aux mains d'Edouard remettant notre téte;
Nous irons lui livrer sa nouvelle conquête.

(A Aliénor.)

Adieu, voyez mon Maître, & qu'il soit informé
Comment il fut servi, combien il en aimé.

M A U N I, *à Aliénor.*

Edouard, en ces lieux, vous prescrit de l'attendre;
Madame; de vos soins leur grace peut dépendre:
J'ignore ses desseins, mais....

A L I É N O R.

Que veut-il de moi?

(A Saint-Pierre.)

Magnanime Héros, je te donne ma foi
De ne point consentir à racheter ta vie,
Que par des actions que ta grande âme envie.

S A I N T - P I E R R E.

Ah ! voilà la vertu qui sied à votre cœur :
Bravez plus que la Mort, en bravant le Malheur.

Fin du second Acte.

ACTE III.

SCENE PREMIERE.

ÉDOUARD, HARCOURT, CHEVALIERS ANGLAIS, GARDES.

ÉDOUARD.

ELLE eſt ſoumiſe enfin cette ſuperbe Ville.
J'ai ployé ſous le joug ſon orgueil indocile.
Et je puis, dans ſon ſein, raſſembler déſormais
Les foudres deſtinés aux rebelles Français.
Les rives d'Albion glorieuſes, tranquilles,
Pour nos fiers Ennemis ne ſeront plus fertiles :
Les Vaiſſeaux raviſſeurs, dans ce Port recelés,
Ne s'élanceront plus vers nos champs déſolés.
Qu'il m'eſt doux d'aſſervir cette illuſtre contrée!
De mes nouveaux Etats c'eſt la plus digne entrée.

C'eſt d'ici que Céſar, triomphant des Morins,
Etonna l'Océan ſous l'Aigle des Romains ;
Et joignit aux Gaulois, par le droit de la Guerre,
Ces Bretons ſéparés du reſte de la Terre.
C'eſt dans le même Port que le Roi des Anglais
Réunit leur Empire à l'Empire Français :
Il n'eſt plus aujourd'hui de Mer qui les diviſe ;
Confondons pour jamais la Seine & la Tamiſe.

(*A un Chevalier.*)

Vous, au Sénat de Londre annoncez mes exploits :
Qu'il juge s'il préſide aux triomphes des Rois.
Sortez tous.

(*Il retient Harcourt.*)

SCENE II.

ÉDOUARD, HARCOURT.

ÉDOUARD.

JE te dois cette heureuſe conquête,
Prémices des lauriers que la Gloire m'apprête.
Ton zèle, de mon fils, guidant la jeune ardeur,
Joint l'éclat des talens au feu de ſa valeur.

Ecoute. Il faut qu'ici, dans l'essor de ma joie,
Mon amour pour la France à tes yeux se déploie.
   Tu sais que , sur son Thrône , abandonnant mes
       droits ,
J'approuvai le Decret qui couronna Valois.
L'Aquitaine dès - lors, mon antique héritage ,
Envers ce nouveau Prince exigeait mon hommage :
Devoir honteux ! dont rien ne pouvait m'affranchir,
J'en rougis : mais les tems me forçaient de fléchir :
Je parus.... Mon Rival , ivre de sa victoire ,
M'éblouït, m'indigna, m'accabla de sa gloire.
L'éclat de son Empire, avec faste étalé ,
Me montra tous les biens dont j'étais dépouillé :
Mes yeux voyant de près & son Peuple , & son
       Thrône ,
De mes pertes confus , dévoraient sa Couronne :
Et quand mon vain devoir jura de la servir,
Je sentis que mon cœur fit vœu de la ravir.
   O supplice éternel d'une âme ambitieuse !
Quel tableau !.... Je sortais de mon Isle orageuse,
Climat toujours sanglant , par la nécessité
Des querelles du Thrône & de la Liberté ;
Où le Peuple rival & tyran de son Maître ,
Veut qu'il le rende heureux & refuse de l'être.
Dans leurs jaloux débats , le Prince & les Sujets
Divisent, par honneur, leurs communs intérêts.

Bientôt leur défiance eft mère de la Haine :
Le Chef, pour maintenir fa puiffance incertaine,
Eft contraint fur lui feul de raffembler fes foins,
Et du Corps de l'État néglige les befoins.
N'ai-je pas vu moi-même un Sénat téméraire
De fon Thrône avili précipiter mon Père ;
Charger, couvrir d'affronts fon Monarque enchaîné,
Pour recevoir des loix d'un Enfant couronné ?

    Mais que voyais-je en France ? Un Roi, Maître
       fupréme,
En qui vous révérez la Divinité même :
Des Grands, que fon pouvoir a feul rendu puiffans,
Du bras qui les foutient appuis reconnaiffans :
Un Peuple doux, fenfible... une Famille immenfe,
A qui le feul Amour dicte l'obéiffance ;
Qui laiffe tous fes droits à fon Père affervis,
Sûre qu'il veut toujours le bonheur de fes Fils.
    Valois trop fortuné ! quel Roi, digne du Thrône,
Ne demande au Deftin le Peuple qu'il te donne ?
Rendre heureux qui nous aime eft un fi doux devoir ;
Pour te faire adorer, tu n'as qu'à le vouloir.

HARCOURT.

Seigneur, à cet excès la France vous eft chère ;
De fes Peuples aimés vous voulez être Père ;
Et je vois, fur Calais, votre extrême rigueur...

ÉDOUARD.

Quand il est dédaigné, l'amour devient fureur.
Eh ! pourrais-je inventer un supplice trop rude,
Pour punir tant d'affronts & tant d'ingratitude ?
Pendant plus d'une année arrêtant mes exploits,
Calais, à ma poursuite, a dérobé Valois :
J'ai perdu, sous ses murs, la fleur de mon Armée,
Et la saison de vaincre en projets consumée.
Aujourd'hui ces vaincus, refusant ma bonté,
Haïssent plus mes loix qu'ils n'aiment leur Cité :
Et, quand j'y vais regner, abjurant leur Patrie,
Jusques à l'embrâser poussaient la barbarie.
J'allais à leur fureur les livrer sans effroi . . . .
Les dangers d'Aliénor m'ont allarmé pour toi :
Et ces six criminels borneront ma vengeance.
C'est en vain que pour eux tu pressais ma clémence.

HARCOURT.

Eh ! quoi ! vous me flattiez qu'en généreux Vain-
    queur...

ÉDOUARD.

Ce que je viens de voir met la rage en mon cœur.
Ce Peuple de mourans, ces déplorables restes
Des foudres de la Guerre & des fléaux célestes,

Confervaient leur fierté dans des yeux prefqu'éteints;
Sous la pâleur encor leurs fronts étaient fereins:
Leur joie a confterné mon Armée immobile ;
Ils femblaient triompher en fuyant de leur Ville :
Un feul tournait vers elle un regard défolé ;
On lui nomme fon Roi , je le vois confolé.

S C E N E   III.

ÉDOUARD , HARCOURT , MAUNI,
SAINT-PIERRE , AURÈLE,
AMBLÉTUSE , LES TROIS
AUTRES BOURGEOIS , GARDES.

(*Les fix Bourgeois ont des chaînes
aux mains.*)

M A U N I.

PAR votre ordre , Seigneur , j'amène vos victimes.

ÉDOUARD.

Perfides , qui , longtems illuftrés par vos crimes ,
Outragiez le Vainqueur & le Roi des Français....

AURELE.

Vous , leur Roi ?

SAINT-PIERRE, *à son fils.*
Titre vain, sans l'aveu des Sujets.
(*A Edouard.*)
Aux pieds de mon Vainqueur j'apporte ici ma tête.

ÉDOUARD.

Croi qu'elle y va tomber: ton supplice s'apprête.
Sois sûr que l'Echaffaud, où tu seras livré,
Du Thrône qui m'attend est le premier degré.
Traître, c'est donc par toi, par ta perfide audace,
Que ma Victoire ici devient une disgrace !
Je veux gagner des cœurs ; & quel prix est le mien ?
Une vaste Cité sans un seul Citoyen :
Des toits, de vains séjours qu'habite le silence,
Et d'un amas de murs la solitude immense.

SAINT-PIERRE.

Dans Londre, à vos vertus, tous les cœurs vont
s'offrir :
Valois n'en laisse point en France à conquérir.
Le Peuple de Calais instruit votre prudence:
Dussent tous les Français s'exiler de la France,
Si vous prétendez voir nos Cités vous servir,
De nouveaux Citoyens il faudra les remplir.

ÉDOUARD.

Va, ton sang éteindra l'ardeur de ce faux zèle,
Et bien-tôt la Terreur glace un Peuple rebelle.

Mais.... qui font ceux de vous dont le Sort a fait
   choix?

     SAINT-PIERRE, *les montrant.*

D'Aire, les deux Wiſſans, Noms obſcurs autrefois,
Maintenant immortels aux faſtes de l'Hiſtoire,
Dans ma ſeule Famille ont renfermé la gloire,
Dont tous nos Citoyens ſe montraient ſi jaloux.

     ÉDOUARD, *avec une ſurpriſe mêlée*
                  d'admiration.

Quoi! c'eſt-là ta Famille?

     AMBLÉTUSE, *ou un autre Bourgeois.*

           Oui; quel honneur pour nous!
Valois, ſans vos rigueurs, n'aurait pû nous connaître;
Et nous allons mourir pleurés par notre Maître.

     AURELE, *avec vivacité.*

Que n'avez-vous pû voir le triomphe inouï,
Dont par vous ſeul, Seigneur, nos regards ont joui?
Quand ce Peuple, quittant des demeures ſi chères,
L'eſpoir de ſes Enfans, les tombeaux de ſes Pères,
Prêt à nous laiſſer ſeuls dans ces remparts déſerts,
Apportait à nos pieds tant d'hommages divers.
O mélange touchant de douleur, d'allégreſſe,
D'envie & de pitié; d'horreur & de tendreſſe!

                           Les

Les Femmes, les Vieillards nous ferraient dans leurs
    bras ;
Leurs fils venaient baifer la trace de nos pas :
Nos vifages, nos mains fe trempaient dans leurs
    larmes....
Ah ! Seigneur, la Victoire. eut pour vous moins de
    charmes.

ÉDOUARD.

Tout m'étonne & m'irrite.... Ah! c'eft trop me
    braver.
De ma jufte fureur rien ne les peut fauver.

HARCOURT.

J'en appèle à vous-même, & je prends leur défenfe.
Vous aviez, à mon choix, remis ma récompenfe,
Quand mes vœux modérés, retranchant vos bienfaits,
Toujours à vos bontés laiffaient quelques regrets ;
Eh ! bien, n'ordonnez pas, hors des Champs de la
    Gloire,
Que le fang des Français fouille encor ma Victoire :
C'eft-là l'unique prix que je veux obtenir,
En partant pour l'éxil où mes jours vont finir.

ÉDOUARD.

Quel difcours ! Un éxil !

HARCOURT.

           Je ne puis vous le taire ;
Mes yeux font deffilés par la mort de mon Frère :

                     D

Ah ! mon zèle pour vous m'a fait son assassin,
Je commandais au bras qui lui perçait le sein.
Doublement parricide, hélas ! ma barbarie
Frappe, depuis trois ans, le sein de ma Patrie :
Les feux qui dévoraient nos moissons, nos Cités,
Ont éclairé partout mes pas ensanglantés.
Envers vous & Valois pour n'être plus perfide,
Je retourne aux climats où le Remords me guide,
Je vais, près du Jourdain, rejoindre ces Guerriers
Dont un sang fraternel ne teint pas les lauriers.
Et le mien . . . .

ÉDOUARD.

Quel transport de votre âme s'empare ?
Dans quel oubli honteux la douleur vous égare ?
Pleurez la mort d'un Frère, & surtout ses erreurs :
La Patrie, à mes yeux, coûtait aussi des pleurs :
Mais quoi ! c'est en son Chef, en Moi qu'elle reside,

(*Regardant les Bourgeois.*)

Non dans l'obscur ramas de ce Peuple perfide.

HARCOURT.

Seigneur . . . .

ÉDOUARD.

Écoutez-moi. Bien loin de consentir
A cet éxil suspect. . . . que je dois prévenir ;
Si j'épargnais, pour vous, ce Maire & ses complices,
Je voudrais, par leur grace, enchaîner vos services.

SAINT-PIERRE, *vivement à Harcourt.*

Ne la méritez pas. Votre noble remord,
S'il vous rend à mon Roi, paye assez notre mort.

ÉDOUARD, *à Saint-Pierre.*

Sortez.

[*A des Soldats.*]

    Dans la prison qu'on aille les conduire ;
Qu'ils attendent l'Arrêt que je dois vous prescrire.

[*Les Bourgeois sortent.*]

[*A d'autres Soldats.*]

Appelez Aliénor... Non ; vous-même, Mauni,
Priez la de vous suivre & de se rendre ici.

[*Mauni sort.*]

HARCOURT.

Quoi ! Seigneur, Aliénor ....

ÉDOUARD.

        Dans le trouble où vous êtes,
Vous répondriez mal à mes bontés secrettes :
J'attendais ce grand jour pour les faire éclatter...
Vous serez bien ingrat, si vous m'osez quiter.
C'est la seule Aliénor qui peut, avec prudence,
Regler, dans vos destins, les destins de la France,
Et décider du sort de ces vils Citoyens,
Dont vous osez mêler les intérêts aux miens.

                D ij

HARCOURT.

Vous efperez en vain ....

ÉDOUARD.

[*A Mauni.*]

Je la vois. Qu'on nous laiffe.

[*A Harcourt.*]
Allez.

SCENE IV.

ÉDOUARD, ALIÉNOR.

ÉDOUARD.

T ANT de vertus ornent votre jeuneffe,
Que leur éclat célèbre éxige des tributs,
Jufqu'ici dans mon cœur à regret fufpendus ;
Je viens vous les offrir. Ils font dignes, Madame,
Et du profond génie, & de la grandeur d'âme,
Dont j'ai même admiré les dangereux excès.
Je dépofe en vos mains les plus grands intérêts,
Les miens, ceux de l'État, d'un Amant & d'un Père;
Enfin les jours profcrits de ce coupable Maire.

[*Ils s'affeyent.*]

La Victoire, fidèle au plus jufte parti,
Va traîner à fon char mon Peuple affujetti.

Déjà laiffant partout des traces de ma gloire,
J'ai franchi la Dordonne, & la Seine & la Loire :
Avant que ma valeur triomphât dans Créci,
J'ai porté mes drapeaux jufqu'aux champs de Neuilli:
Encore une bataille & Paris me couronne.
Mais les premiers Français qui, m'appelant au Thrône,
De mes droits reconnus font les dignes appuis,
Doivent de ma Grandeur cueillir les premiers fruits.
Prenez ce titre augufte à ma reconnaiffance :
Vous avez, fur un Père, une entière puiffance ;
Son exemple & le vôtre, en tous lieux révérés,
Entraîneront les cœurs par ma gloire attirés.
Je mets à ce fervice un prix ineftimable.
J'élève votre Père au rang de Connétable ;
D'Harcourt, que vous aimez, je fais un Souverain ;
Et, Vice-Roi de France, il reçoit votre main.
Londres, plus que Paris, éxige ma préfence ;
Vous ferez mon égale & Reine en mon abfence ;
C'eft au Thróne, en un mot, que vous pouvez monter:
Mon eftime vous l'offre, ofez le mériter.

ALIÉNOR.

J'oferai plus, Seigneur... mais, fans que je l'annonce,
Puifque vous m'eftimez, vous favez ma réponfe.

ÉDOUARD.

Croyez-moi, confultez un Père ....

ALIÉNOR.

Moi, Seigneur !
Je ne l'outrage point ... j'ai consulté mon cœur.

ÉDOUARD.

J'entends ce fier refus. Mais Vienne plus facile ...

ALIÉNOR.

Ah ! n'en attendez point un refus si tranquille,
Mais si le poids de l'âge eût ébranlé sa foi,
Je pleurerais mon Père & servirais mon Roi.
Pour Harcourt, il m'est cher. Il dut cesser de l'être
Dès le premier moment qu'il vous choisit pour Maître ;
Mais à vos dons nouveaux s'il vend son repentir,
L'Amour ne daigne plus l'honorer d'un soupir.

ÉDOUARD.

Cet excès de hauteur a lieu de me surprendre.
Vôtre Maître au respect devait du moins s'attendre.

ALIÉNOR, se levant.

Vous n'êtes point mon Maître, & vous savez nos Loix ;
Je respecte Edouard.... s'il respecte Valois.

ÉDOUARD, se levant aussi avec vivacité.

Quelles Loix ! ou plutôt quel nom imaginaire
Opposez-vous aux droits que je tiens de ma Mère ?

Eſt-ce à vous de citer, comme Loi de l'Etat,
Un abus, condamné dans tout autre climat ;
Dont l'Equité gémit, dont la Raiſon s'indigne ;
Qui, pour tout votre ſexe, eſt un affront inſigne ;
Contraire aux douces mœurs de ce Peuple vanté,
Qui ſert également la Gloire & la Beauté ;
Qui, du rang de ſes Rois, bien loin de vous proſcrire,
Au-deſſus de leur Thrône élève votre Empire.
Ah ! vous nous ſurpaſſez dans l'art de gouverner.
Ma mère eſt le Héros qui m'apprit à règner.
De vos trois dernier Rois cette Sœur magnanime
M'a tranſmis, ſur les Lys, un titre légitime.
Qui peut d'un droit ſi ſaint me priver déſormais ?
Quel autre doit règner ſur la France ?

ALIÉNOR.

Un Français.

Lorſqu'en nommant un Roi, nos généreux Ancêtres
Ont nommé dans ſes Fils la race de nos Maîtres,
Quand des Soldats vainqueurs portaient ſur un Pavois
Le plus vaillant Soldat, Père de tous nos Rois ;
D'un Peuple libre & fier, qui ſe donnait lui-même,
Tel fut le premier vœu, la Loi juſte & ſuprême :
Que ſon Sceptre, en tout tems, aux Français réſervé
Jamais par d'autres mains ne pût étre enlevé :
Et ſi la même Loi, mais ſans nous faire outrage,
De ce Thrône, à mon Sexe, interdit l'héritage ;

C'eft de peur que l'Hymen, qui doit nous engager,
Ne couronne, en nos Fils, les Fils de l'Etranger.
Avant vous, cette Loi, contre vous fut portée :
Ecrite au fond des cœurs dont la voix l'a dictée,
Elle s'eft affermie à l'ombre des Lauriers,
Par trois Races de Rois & neuf Siècles entiers.
Le Français, dans fon Prince, aime à trouver un
        Frère,
Qui, né Fils de l'Etat, en devienne le Père.
L'Etat & le Monarque, à nos yeux confondus,
N'ont jamais divifé nos vœux & nos tributs.
De-là cet amour tendre & cette idolâtrie
Qui dans le Souverain adore la Patrie :
Sublime paffion d'un Peuple impétueux,
De l'Empire des Lys fondement vertueux ;
Et qui, le diftinguant par les plus nobles marques,
Fait à cent Souverains envier nos Monarques.

ÉDOUARD.

Vous irritez l'ardeur dont je fuis enflammé.
C'eft moi qu'à cet excès j'aurais dû voir aimé,
Peuple ingrat !.... Mais il faut que ta haine fléchiffe,
Ou que, jufte à la fin, la mienne t'en puniffe.
Choififfez à l'inftant les dons de ma bonté,
Ou l'immuable arrêt de ma févérité.
Du fang qui va couler, je vous rends refponfable,
Si vous ne dépouillez cette fierté coupable,

Cette fauffe Vertu, ce préjugé des Loix,
Qui traite en Etranger le pur fang de vos Rois ;
Vous livrez à la mort ces Citoyens rebelles,
Dont vous pouviez fauver les têtes criminelles :
L'honneur de conquérir & votre Père & vous,
M'allait faire pour eux oublier mon courroux.

ALIÉNOR.

Je le vois à regret, Seigneur ; la Renommée
Vous peint fidèlement à l'Europe allarmée :
Autant vous déployez de grace & de douceur,
Quand d'un Sujet utile il faut gagner le cœur ;
Autant vous vous armez d'une haine terrible
Pour celui que vos dons trouvent incorruptible.
Mais je ne peux changer. Ces braves Citoyens,
Qui, mourant pour l'Etat, en font les vrais Soutiens,
Savent qu'à leur grand cœur mon âme porte envie ;
Et ma gloire n'eft point la rançon de leur vie.
Plus qu'eux - méme, il eft vrai, leur mort me fait
   frémir.....
Je verrai leur courage : il pourra m'affermir.

ÉDOUARD.

Vous les immolez donc par votre orgueil barbare.
Gardes... que, fans tarder, l'échaffaud fe pr épare.

SCENE V.

ÉDOUARD, HARCOURT, ALIÉNOR.

ALIÉNOR, *voyant Harcourt qui entre avec les Gardes.*

AH ! de nos Citoyens viens défendre les jours;
Songe à quel titre ici tu leur dois tes secours ;
Toi seul les as perdus ; & s'ils meurent, j'expire.

HARCOURT, *vivement à Édouard.*

A tant de cruauté pourrez-vous bien souscrire ?
La valeur de ce Maire & ses rares vertus..,..

ÉDOUARD.

La valeur d'un Rebelle est un crime de plus.

HARCOURT.

Qu'entends-je ?

ALIÉNOR.

(*A Harcourt.*)　　　(*A Edouard.*)

Ton Arrèt. Jamais à son courage
Je n'aurais pû tracer une leçon plus sage.
Mais pour ces Malheureux j'oserai tout tenter.
Je sais quel défenseur je peux leur susciter,
Un cœur, pour qui le vôtre est peut-être sensible,
Que le bonheur encor ne rend pas infléxible.....
Que dis-je ? votre Armée où je porte mes pleurs,
Vous fera, malgré vous, abjurer vos fureurs:

Ses Chefs ne voudront pas que , de votre injuſtice,
Le ſanglant déshonneur ſur leurs fronts rejailliſſe ;
Que l'Univers accuſe un Peuple de Héros
D'avilir ſa Victoire en ſervant vos bourreaux :
L'Anglais n'obéit plus , lorſque ſon Roi l'outrage.

  (*A Harcourt.*)

Toi, vers nos Citoyens que ta foi ſe dégage :
Sans tes honteux exploits, maîtres de leurs deſtins,
Je les verrais Vainqueurs , & Vainqueurs plus hu-
   mains :
Songe , ſi de la Mort ton bras ne les délivre ,
Que tu m'as fait ferment... de ne leur point ſurvivre.

   (*Elle ſort.*)

SCENE VI.

ÉDOUARD, HARCOURT.

ÉDOUARD.

Quoi ! je veux pardonner , on me force à punir :
Je vois , par mes bontés , tous les cœurs s'endurcir.
Savez-vous bien quel prix j'ai mis à ma clémence ?
Je voulais vous nommer Vice-Roi de la France,
Par l'Hymen d'Aliénor combler votre bonheur :
Elle a refuſé tout.

HARCOURT.

    Elle l'a dû , Seigneur.

Puis-je me plaindre , hélas ! de fa vertu févère ?...

Si j'accepte vos dons , je vends le fang d'un Frère.

Non, il n'eft qu'un feul prix qui convienne à mon fort :

Sauvez ces Malheureux pour qui mon Frère eft mort;

Leur fupplice eft ma honte , & mon cœur le partage.

La mort de Régulus dèshonora Carthage.

(*Très-vivement.*)

Craignez qu'un méme affront ne vous couvre aujour-
    d'hui.

Ceux que vous immolez font auffi grands que lui :

Aux mêmes intérêts leur cœur fe facrifie ,

A la gloire , à l'amour , au bien de la Patrie.

Vous , fur qui l'Héroïfme eut des droits fi facrés ,

Vous n'êtes plus vous-même... ou vous les admirés.

Votre ame , en les perdant , gémira la première.

Vous démentez le cours de votre vie entière.

De cet égarement n'ofez-vous revenir ?

Quel faux honneur encor femble vous retenir ?

Seigneur , à tout mortel l'erreur eft excufable ;

Un Prince y peut tomber fans devenir coupable ;

Il l'eft , fi fa fierté refufe d'en fortir.

ÉDOUARD.

Vous voulez me quitter & croyez me fléchir !

Vous penfez , pour autrui, défarmer ma vengeance,

Quand vous vous apprétez à trahir ma clémence !

Non , non. Avec plaifir je perds ces malheureux ,

Puifque c'eft vous , Ingrat, que je punis fur eux.

HARCOURT.

Ingrat !.. Qu'ai-je reçu pour prix de mes services ?
J'aspire à vous sauver d'horribles injustices ;
Écoutez ma prière , & c'est vous acquitter.
Vos reproches cruels me forcent d'ajouter,
Qu'en défendant , Seigneur , ces illustres Victimes ,
Sur elles , près de vous , j'ai des droits légitimes.
Si je n'eusse vaincu dans les champs de Créci ,
Auriez-vous une grace à refuser ici ?

ÉDOUARD.

C'en est trop. Réprimez cette audace importune.
Vous avais-je mandé , lorsque votre infortune
Vint , par mes prompts secours , relever ses débris ?
Vos services dès-lors font des devoirs remplis.
Votre sang appartient au véritable Maître ,
Qu'un serment libre & faint vous force à reconnaître :
Je le suis ... & je sais contraindre au repentir
Ceux de qui l'insolence en perd le souvenir.

[*Il fort.*]

SCENE VII.

HARCOURT , *feul.*

QUELLE confusion , & quel reproche infâme !
Je ne vis plus.... la Honte est le néant de l'Ame.

Voilà le terme affreux du bonheur paſſager
Qu'un rebelle Sujet trouve chez l'Etranger.
Si-tôt qu'il peut déplaire, on dépouille ſans crainte
Le faſte intéreſſé d'une amitié contrainte ;
La faveur diſparaît : les flétriſſans mépris
Lui rejettent l'horreur qu'il fait à ſon Pays :
Et tirant de ſa faute un cruel avantage,
On veut que, ſans murmure, il dévore l'outrage.
On eſt juſte..... Ah! j'invite à marcher ſur mes pas.
Ingrat, ſuis-je ſurpris de trouver des Ingrats ?
Tremblez ; faibles Sujets, qui trahiſſez vos Maîtres ;
Un Roi punit toujours ceux qu'il a rendu traîtres.
    Mais allons voir ce Maire, & partageons ſon ſort.
Qu'un ſi beau déſeſpoir éterniſe ma mort ;
Qu'on diſe, en apprenant cet effort magnanime :
Il ſerait mort moins grand, s'il eût vécu ſans crime.

Fin du troiſième Acte.

Pluſieurs Perſonnes ont exigé que l'on rétablît les deux
premiers Vers de ce Monologue, qui n'ont pas été bien en-
tendus à la première repréſentation, & qui ont été changés
ainſi aux repréſentations ſuivantes :

Ah! je reſpire à peine, & cette honte infâme
Dans un Néant affreux ſemble plonger mon âme.
Voilà le terme, hélas! &c.

ACTE IV.

Le Théâtre repréfente la Prifon.

SCENE PREMIERE.

SAINT-PIERRE, AURELE, AMBLÉTUSE, LES TROIS AUTRES BOURGEOIS.

SAINT-PIERRE.

O MON Fils ! mes Amis ! qui l'eût penfé jamais,
Que nous habiterions ce féjour des forfaits ?
Ah ! fans doute, avant nous, ces chaînes flétriffantes
Ont courbé, fous leur poids, les Vertus gémiffantes :
Mais combien de Mortels voudraient nous difputer,
Nous ravir aujourd'hui l'honneur de les porter
Que je te dois d'encens, Souverain de mon être !
Pour quels brillans Deftins ta bonté me fit naître !

Si, dans l'obſcurité, tu plaças mon berceau,
Les rayons de la Gloire entourent mon tombeau,
Je vois ce noble éclat, étendu ſur la France,
Des Siècles reculés franchir l'eſpace immenſe ;
Et Calais recevant, de vingt Peuples jaloux,
Un hommage immortel qu'il ne devra qu'à nous.

    Jouïſſons, mes Amis, de notre heure dernière,
Et des fruits qu'elle laiſſe à la Patrie entière :
Dans le ſein l'un de l'autre épanchons à loiſir
Ces délices du cœur, ces larmes de plaiſir,
Qu'après le beau ſuccès de leurs efforts ſuprêmes,
Répandent les Vertus contente d'elles-mémes.

AURELE.

Ah ! que, né d'un tel Père, un Fils s'en applaudit !
Mon âme, entre vos bras, s'enflamme & s'aggrandit.
Voilà comme aux Vertus, guidant mes pas dociles,
Vous ſaviez m'applanir leurs ſentiers difficiles :
J'ai vu leur front ſévère avec vous s'embellir :
Vous prêtiez au Devoir les charmes du Plaiſir.

    Dieu, qui place ma mort ſi près de ma naiſſance,
Vous donne de vos ſoins la digne récompenſe.
Que me deſiriez-vous après les plus longs jours ?
Qu'une fin glorieuſe en terminât le cours :
Plus que le Champ de Mars votre Echaffaud m'illuſtre ;
Oui, ſon opprobre, Amis, nous donne un plus beau
       luſtre.   Aux

Aux Victimes d'Etat qui livrent leur grand cœur,
Ce Théâtre de honte eſt l'Autel de l'honneur.

SAINT-PIERRE, *lui montrant*
les Bourgeois.

Ah ! j'y crois voir leur ſang, le tien qui ſe confon-
dent ;
A tes derniers ſanglots mes entrailles répondent.

(*A Amblétuſe , montrant ſon fils.*)

Avais-je, en l'élevant dans l'eſpoir le plus beau,
Formé tant de Vertus pour le fer d'un bourreau ?

(*Se reprenant avec chaleur.*)

Vous qui me connaiſſez, pardonnez ce murmure :
On pleure ſa Victoire en domtant la Nature.
Jamais un cœur Français ne la peut étouffer.
Mais....il en eſt plus grand d'oſer en triompher :
Dans ces combats affreux tout ſon ſang ſe ſoulève ;
Il marche au ſacrifice , il frémit.... & l'achève.

E

SCENE II.

MAUNI, LES SIX BOURGEOIS.

MAUNI, *à Saint-Pierre, en lui prenant*
la main.

JE viens, digne Français, t'apporter des tributs
Que le plus juste orgueil n'aurait pas attendus.
Nos Chevaliers Anglais, jaloux de ton courage,
Me députent vers toi pour t'offrir leur hommage :
S'ils n'offensaient leur Prince, au fond de ces cachots
Tu verrais à tes piés cette Cour de Héros.
Mais libre en t'admirant, comme en jugeant son
      Maître,
Londre va desirer de t'avoir donné l'être.

[*Aux six Bourgeois.*]

Votre amour pour vos loix & pour votre Pays
D'un Peuple juste & fier enchante les esprits.
L'Anglais est Citoyen : & sa raison suprême
Veut qu'une Nation se chérisse elle-même :
Le lien fraternel qui joint tous les Humains,
Se serre en chaque État par d'autres nœuds plus saints ;
Je sais que, mis au jour, nourri par l'Angleterre,
Je lui tiens de plus près qu'au reste de la Terre :

Je vois les mêmes nœuds de la France à ses Fils.
Je hais ces cœurs glacés & morts pour leur Pays,
Qui, voyant ses malheurs dans une Paix profonde,
S'honorent du grand nom de Citoyens du Monde;
Feignent, dans tout climat, d'aimer l'Humanité,
Pour ne la point servir dans leur propre Cité :
Fils ingrats, vils fardeaux du sein qui les fit naître;
Et dignes du Néant, par l'oubli de leur Etre.

SAINT-PIERRE.

Nous l'avouerons sans fard; mourant pour les Fran-
    çais,
Nous espèrons laisser des noms chers aux Anglais:
Plus rivaux qu'ennemis d'un Peuple magnanime,
Notre plus beau laurier, Seigneur, est son estime.

MAUNI.

Cette estime n'est pas un titre infructueux :
Sachez quels sont pour vous nos efforts vertueux,
L'Épouse d'Édouard, l'intrépide Isabelle,
Qui vient de triompher de l'Écossais rebelle,
Et qui, nous ramenant ses bataillons vainqueurs,
Peut-être en ce grand jour acheva vos malheurs;
A la voix d'Aliénor, a pris votre défense,
Et d'un Époux, qui l'aime, implore la clémence.
Vous avez vu leur Fils qui, dès ses premiers jours,
Éclipse Édouard même au plus haut de son cours :

Héros dans le combat, homme après la Victoire,
Les Vaincus confolés lui pardonnent fa gloire :
Son Pere, qui lui doit les palmes de Créci,
Sans doute par fes foins va fe voir adouci :
La Nature & l'Amour, pour vous d'intelligence,
Vont éteindre en fon cœur cette foif de Vengeance.

AURELE, *avec tranfport.*

Mon Père... Ah ! vous vivrez.

MAUNI.

Après fon noble effort,
Vivant il jouïra de l'honneur de fa mort.
Mais je vois Aliénor & fes vives allarmes...

SCENE III.

ALIÉNOR, MAUNI,
LES SIX BOURGEOIS.

ALIÉNOR.

ILLUSTRES Malheureux, pardonnez à mes larmes,
On daigne, en me forçant de partir de ces lieux,
Laiffer quelques momens... à mes derniers adieux.
Dans la cour du Palais, au-deffus de vos têtes,
J'ai trouvé l'échaffaud, les haches toutes prêtes.

Harcourt pâle, tremblant, & les yeux égarés,
A détourné de moi ſes pas déſeſpérés ;
Sa voix & ſes ſanglots expiraient dans ſa bouche :
Ce ſeul mot a rompu ſon ſilence farouche :
Ils vont mourir. . . il fuit en m'arrachant le cœur.

MAUNI.

Quoi ! Rien n'a déſarmé le courroux du Vainqueur ;
Ni les pleurs de ſon Fils, ni les pleurs de la Reine ?

ALIÉNOR.

Eh ! que peut la Pitié ſur cette âme inhumaine ?
N'a-t-il pas vu vingt fois d'un œil tranquille & fier ;
Tomber des Légions ſous la flâme & le fer ;
Des Flottes s'écraſer ſur les Ondes ſanglantes,
Enfin des Nations pour lui ſeul expirantes ?
Son orgueil s'accoutume à compter les Mortels
Comme de vils troupeaux nourris pour ſes Autels ;
Vous-mémes, ſes amis, aux dépens de vos têtes,
Il vous croit trop heureux d'acheter ſes conquête
Des pleurs, hélas ! des pleurs peuvent-ils amollir
Un cœur, qui dans le ſang apprit à s'endurcir ?

MAUNI.

Ah ! tant de réſiſtance irrite mon audace.
Dût mon zèle rigide aſſurer ma diſgrace,

Faifons parler enfin la dure Vérité ;
D'un Homme & d'un Anglais montrons la liberté.

SAINT-PIERRE.

Généreux Ennemi, qu'allez-vous entreprendre ?
Ah ! daignez écouter . . . .

MAUNI.

Je ne puis rien entendre.
Le danger, quel qu'il foit, eft moins preffant pour
 vous ;
Il vous couvre de gloire, & la honte eft pour nous.

[*Il fort.*]

SCENE IV.

ALIÉNOR, LES SIX BOURGEOIS

ALIÉNOR.

AH ! du cœur d'Édouard c'eft en vain qu'il efpère,
Il eft inexorable, & tout craint fa colère :
Tel eft fon afcendant fur l'efprit des Soldats,
Qu'il réduit l'Anglais méme à murmurer tout bas:
On blâme fa fureur, mais elle eft obéie.
Mes cris, mon défefpoir, mes refus l'ont aigrie.

Hélas ! votre falut en mes mains fut remis :
Mais je rougirais trop de vous dire à quel prix….

SAINT-PIERRE.

Vous avez fait le choix qu'on nous aurait vu faire ;
N'en parlons plus. Quel eſt le fort de votre Père ?

ALIÉNOR.

Lui feul , pour vous encor me peut faire entrevoir
La tremblante lueur d'un faible & doux efpoir.
Édouard , confommant fes affreux Sacrifices ,
Voulait que ce Héros partageât vos fupplices….
Ah ! ceffez d'en frémir. Attendri par mes pleurs ;
Son Fils a prévenu ce comble des horreurs.
Par fes foins , près du Roi , mon Père fe va rendre ;
Et pour vous délivrer il veut tout entreprendre.
Vous connaiffez Valois , & le tendre retour
Dont fon cœur paternel a payé notre amour.
Oui , dût-il pour vous feuls cèder une Province ,
Des Sujets tels que vous valent le plus grand Prince ;
Il va mettre à vos jours le méme prix qu'aux fiens ,
Et la rançon des Rois eſt due à leurs Soutiens.

SAINT-PIERRE.

Infpire mieux mon Maître , ô Puiffance célefte !
Et défends fa bonté d'un confeil fi funefte.
Partez , oppofez-vous à ce dangereux foin ;
Qu'on permette ma mort, l'État en a befoin.

E iv

Vous voyez cette guerre, en disgraces féconde,
De nos débris fameux couvrir la Terre & l'Onde :
Chez les Français, toujours l'excès du Sentiment
Augmente le bonheur, rend le malheur plus grand :
Peu faits aux longs revers, las de voir leur courage
Servir à leur défaite & hâter leur naufrage,
Dans un dépit amer, hélas ! ils ont pensé
Que le Siècle est déchu, que leur règne est passé.
Mais qu'il s'élève enfin dans cette erreur commune,
Une âme inébranlable aux coups de l'Infortune,
Digne de nos Aïeux & de ces tems si chers
Où les Lys florissans ombrageaient l'Univers ;
Et vous verrez soudain, par tout ce Peuple avide,
Saisir, suivre, égaler son audace intrépide ;
Devenus ses Rivaux de ses Admirateurs,
Son noble enthousiasme embrâsera les cœurs :
Indignés d'avoir pu désespérer d'eux-méme,
Ils forceront le Sort par leur constance extrême ;
Et peut-être à l'Etat rendront un plus beau jour,
Que ces jours qu'il croyait regretter sans retour.
Voilà de notre mort les fruits inséparables ;
Notre sang va partout enfanter nos semblables.

AMBLÉTUSE.

Bien plus. Si du Destin les nouvelles rigueurs
Chez nos Neveux un jour ramenaient nos malheurs ;

Du Héros de Calais l'impérieux exemple,
Que la Gloire, à leurs yeux, offrira dans son Temple,
Jusques au fond des cœurs attendris & confus
Ira chercher l'Honneur, éveiller les Vertus ;
Et dans les Citoyens du rang même où nous sommes,
Déployer le Génie & l'âme des Grands-Hommes.
C'est ainsi qu'un Mortel, surpassant ses souhaits,
Par une belle mort se survit à jamais ;
Et qu'après un long cours de Siècles & d'années
De sa Patrie encore on fait les destinées.

ALIÉNOR.

O courage ! ô Vertu ! dont l'héroïque ardeur,
Étonnant la raison, s'empare de mon cœur.
Ils font presque approuver à mon âme ravie,
Et desirer pour eux ce trépas que j'envie.
Valois leur devra tout.... & souvent, en effet,
Le sort des Souverains dépend d'un seul Sujet.
Harcourt trahit son Prince & d'Artois l'abandonne
Un Maire de Calais raffermit sa Couronne !
Quelle leçon pour vous, Superbes Potentats !
Veillez sur vos Sujets dans le rang le plus bas :
Tel qui, sous l'Oppresseur, loin de vos yeux, expire,
Peut-être quelque jour eût sauvé votre Empire.
   Malheureux, fiez-vous aux fureurs d'Édouard :
Les offres de Valois arriveront trop tard.

SCENE V.

ALIÉNOR, LES SIX BOURGEOIS, UN OFFICIER ANGLAIS, GARDES.

L'OFFICIER.

MADAME, éloignez-vous. Toujours plus im-
placable,
Édouard a figné cet Arrét exécrable.
Si vous ne vous hâtez de fuir ces triftes lieux,
On va fur l'échaffaud les conduire à vos yeux.

ALIÉNOR, *à fa Suivante.*

Fuyons.... Soutenez-moi. La force m'abandonne.
L'appareil de leur mort me fuit & m'environne.
(*A Saint-Pierre.*)
Mon Père, pardonnez, je tombe dans vos bras:
Recevez ce doux nom que je vous dois : hélas!
Vous m'avez infpiré la Vertu....

SAINT-PIERRE.

Le courage.

ALIÉNOR.

Ah! ce fatal moment n'en permet point l'ufage.

Pleurer ceux qu'on admire eſt-ce les offenſer ?....
Que n'ai-je ſur Harcourt de tels pleurs à verſer ? ..
Quoi! le fer va frapper le Fils auprès du Père,
Sur les corps expirans de leur Famille entière !
L'horreur glace mes ſens & m'étouffe la voix.

SAINT-PIERRE, *un peu attendri.*
Adieu, Madame.
ALIÉNOR.
Adieu, pour la derniere fois.
(*Elle ſort.*)

SCENE VI.

SAINT-PIERRE, LES SIX BOURGEOIS, L'OFFICIER, GARDES.

SAINT-PIERRE.

FAUT-IL vous ſuivre ?
L'OFFICIER.
Hélas ! j'attends l'ordre terrible.
SAINT-PIERRE.
Anglais, vous pleurez tous.
L'OFFICIER.
Ton courage invincible

Semble épuifer le mien... Quel furcroît de douleurs,
Quand la Vertu fourit à fes bourreaux en pleurs !

SAINT-PIERRE, *embraffant les Bourgeois.*
On vient. Embraffons-nous... Je marche à votre tête,
Martyrs de la Patrie, allons, la palme eft prête.

(Il va pour fortir.)

Mais..... que nous veut Harcourt?

SCENE VII.

SAINT-PIERRE, AURELE, LES SIX BOURGEOIS, HARCOURT, L'OFFICIER, GARDES.

HARCOURT, *à l'Officier & aux Gardes.*

Sortez, braves Guerriers;
J'ai des ordres fecrets pour voir ces Prifonniers.

[*L'Officier & les Gardes fortent.*]

[*Aux Bourgeois.*]
Français.... Ah! de ce Nom ne pourrai-je être digne?
(A Saint-Pierre feul.)
Je vois qu'à mon afpect votre vertu s'indigne;

Oui, j'ai perdu mon Frère, & vous, & mon Pays;
Cette main fume encor du sang de votre Fils :
Mais je viens adoucir le sort qui vous menace,
De ce jeune Guerrier j'apporte ici la grace.

SAINT-PIERRE, *avec joie,*

Ciel !

HARCOURT.

Il serait affreux que du commun malheur
Une seule Famille épuisât la rigueur....

SAINT-PIERRE.

Quoi !... quelqu'autre pour lui s'offre-t-il au supplice ?

HARCOURT.

[*Vivement, comme une chose qui lui échappe,*]
Sans doute, un autre y court avec plus de justice.
(*A Aurèle, en se reprenant.*)
Partez, l'échange est fait, marchez au Camp Français :
Il n'est pas loin du nôtre, & vos guides sont prêts.
Allez, & renonçant à des Vertus stériles,
Plus que votre trépas rendez vos jours utiles ;
Vous pourrez, dans une heure, assurer à mon Roi
Qu'Harcourt ne mourra pas sans lui prouver sa foi.

AURELE.

Mon Père.... Non, Seigneur. Qui ? moi, que j'a-
bandonne....

HARCOURT.

C'eſt au nom d'Édouard qu'ici je vous l'ordonne;
Partez.

AURELE, *avec fureur.*

Quel eſt celui dont l'injuſte Vertu,
S'offrant pour me ſauver....

SAINT-PIERRE.

Eh ! le méconnais-tu ?...
C'eſt Harcourt.

HARCOURT, *troublé.*

Moi !

S.INTPIERRE.

Vous-même. Oui, je lis dans votre âme;
J'y ſurprends un projet que j'admire & je blâme :
Vous juriez ce matin de nous ſuivre au trépas ;
Vous trompez Édouard, vous ne m'abuſez pas.

HARCOURT.

Eh bien ! s'il était vrai, ce projet équitable,
Qui, ſauvant l'innocent, devouerait le coupable ?...

AURELE.

Quoi ! je conſentirais ? ...

SAINT-PIERRE.

Vous oſeriez penſer ?...

HARCOURT, *impétueusement.*

Il doit y consentir, vous l'y devez forcer.
Je conçois vos refus, j'entreprends de les vaincre :
C'est peu de vous toucher, j'aspire à vous convaincre;
Le tems presse. Écoutez. Ce n'est point vous, hélas !
Intrépide Vieillard, que j'arrache au trépas :
L'Honneur peut murmurer que ce grand sacrifice
Soit votre digne ouvrage, & sans vous s'accomplisse,
Je le fais. Mais ce Fils, qu'au milieu des tourmens
Un zèle aveugle immole à la fleur de ses ans ;
Lui que dans votre cœur reclame la Nature ;
Lui, ce Héros naissant, dont la grandeur future
Aux vœux de nos Guerriers s'annonce avec éclat,
Vous devez ses Vertus aux besoins de l'Etat.
Choisissez entre nous comme choisit la France.
Croyez-vous qu'un moment sa Justice balance,
Qu'elle souffre qu'un sang si cher à son amour
Par mes crimes deux fois soit versé dans un jour ?
Mourant sans votre Fils, votre gloire est la même :
Et si vous m'admettez à cet honneur suprême :
Quels que soient mes forfaits, je les répare tous ;
C'est un laurier de plus pour la France & pour vous,
Songez surtout, songez qu'à ce jeune courage
Des fruits de votre mort vous devez l'héritage :
Avec combien d'ardeur on verra nos Français
Suivre aux combats le Fils du Héros de Calais

Pour ſes heureux talens quelle vaſte carrière !
Ah ! voyez-le venger ſa Famille & ſon Père ;
Voyez-le s'ennoblir au milieu des lauriers,
Monter ſur votre tombe au rang des Chevaliers,
Et fonder de Héros une Race nouvelle,
Digne dans tous les tems d'une ſource ſi belle ,
Se vouant d'âge en âge à la gloire des Lys ;
Et que vous immoliez dans ce vertueux Fils.....
Eh bien ! ce tendre eſpoir vous arrache des larmes...
(*Avec tranſport à Aurèle, en lui préſentant ſon épée.*)
Pars, accepte ce fer, rends l'honneur à mes armes.

AURELE.

Moi, tromper Edouard, fuir & me parjurer ;
De mon Père expirant oſer me ſéparer ;
Moi, qui m'étais flatté qu'une pitié ſoudaine ;
Voyant tomber ma tête , épargnerait la ſienne !

HARCOURT.

Tu redoubles ſes maux en y joignant les tiens,

AURELE.

Je ſoulage mes maux en partageant les ſiens,

HARCOURT.

L'eſpoir de le venger....

AURELE.

L'horreur de lui ſurvivre.....

HARCOURT,

H A R C O U R T.

Te défend de mourir.

A U R E L E.

Me contraint de le fuivre.

H A R C O U R T.

Malheureux, mais nos jours font le bien de l'Etat.

A U R E L E.

Vivez donc en Héros, moi je meurs en Soldat.
Les befoins de l'Etat demandent un Grand Homme:
La France vous regarde & la Gloire vous nomme.

S A I N T - P I E R R E.

(*A Harcourt.*)

Mon fils, mon digne fils... Calmez ces vains tranfports,
L'aveugle défefpoir égare vos remords,
Seigneur. Eh! fe peut-il que votre âme féduite
Penfe qu'envers mon Roi votre mort vous acquitte?
Vous, devenu coupable envers l'Etat & lui,
Pour les avoir privés de leur plus ferme appui,
Vous vous perdez encore, inutile victime :
Ah! loin de réparer, c'eft confommer le crime.
Allez fauver la France, & d'une heureufe main
Retirer tous les traits dont vous perciez fon fein :
Que je rende, en mourant, à cette augufte Mère,
Le plus grand de fes Fils.... & le plus néceffaire.
De nos jeunes Français l'imprudente chaleur
Des Vertus du Guerrier n'a plus que la valeur :
Vous feul, creufant encor l'art profond de la Guerre,
Vous reglez d'un coup d'œil les deftins de la Terre :

F

Par une longue étude & d'affidus travaux,
Vos talens ont furpris les fecrets des Héros :
Ramenez dans nos Camps cette noble fcience,
L'âme du vrai Courage & l'œil de la Prudence;
Cet art, qu'apprit de vous notre injufte Vainqueur.
Allez, que mon Pays vous doive fon bonheur.
Je vous mets dans les bras de la France affligée;
Expirez digne d'elle, après l'avoir vengée.

HARCOURT.

Ah ! peut-elle jamais me confier fon fort ?

SCENE VIII.

Les Acteurs précédens, L'OFFICIER,
GARDES.

L'OFFICIER, *à Harcourt.*
SEIGNEUR, l'ordre eft venu... je les mène à la mort.
HARCOURT, *à Saint-Pierre & à fon fils.*
Vous triomphez, cruels ! votre affreufe conftance,
Me ravit, fans retour, ma dernière efpérance...
Mais, avant votre mort, venez voir mon trépas.

(*Il fort furieux.*)
SAINT-PIERRE.
(*A fon fils.*)

Vivez pour votre Roi... Viens mourir dans mes bras.

Fin du quatrième Acte.

ACTE V.

SCENE PREMIERE.

ÉDOUARD, MAUNI.

ÉDOUARD.

J'Ai pefé vos raifons, j'en conçois l'importance:
Souvent la Politique invite à la Clémence.
J'excufe, dans Harcourt, une aveugle chaleur,
Premier emportement de l'extrême douleur :
Sans vous, par fon orgueil, ma colère allumée,
L'eût dépouillé du rang de Chef de mon Armée.
Le Peuple de Calais, dans mon·Camp retenu,
Peut-être par mes foins va m'être ici rendu.
Je ne puis trop tenter pour fléchir fa conftance,
Et je fens qu'il y va du Thrône de la France :
Ces fuperbes Vaincus échappés à mes Loix,
Iraient partout apprendre à rejetter mes droits.

Sur ce Maire employons mon heureuse induſtrie :
Je connais le Vulgaire ; il chérit peu ſa vie,
Lorſqu'en un ſort obſcur il la voit conſumer :
Mais s'il peut être Grand, il commence à l'aimer.
Je ſais ſes préjugés & l'art de les détruire ;
Tel brave les tourmens, qu'un bienfait peut ſéduire ;
Et les Rois ont toujours un charme impérieux
Sur ces derniers Humains nés & nourris loin d'eux.
Ce Maire a vu de près l'appareil du ſupplice :
Qu'il vienne en ce moment.

MAUNI.

Je doute qu'il fléchiſſe.
O mon Roi ! ſi ſon cœur réſiſte à vos efforts,
Vous êtes grand, mais fier : redoutez vos tranſports.

(Il ſort.)

SCENE II.

ÉDOUARD, SAINT-PIERRE.

ÉDOUARD, aſſis.

Viens, ſuperbe Ennemi, qui prends pour l'Héroïſme
Le courage inſenſé d'un ardent Fanatiſme ;
Un Monarque indulgent qui chérit les Vertus,
Daigne, dans tes pareils, en reſpecter l'abus.

Ma bonté , qu'indigna ton audace obſtinée ,
Veut à ton choix enfin laiſſer ta deſtinée :
Et plaignant une erreur que tu peux abjurer ,
Au lieu de te punir, conſent de t'éclairer.
Ouvre les yeux. J'ai fait recueillir dans mes Tentes
De tes Concitoyens les troupes défaillantes :
Victimes de la Faim & d'un farouche Orgueil,
Ils tombaient , les chemins devenaient leur cercueil :
Pour aller juſqu'au Roi que leur cœur me préfère,
Il faut que ma bonté ſoutienne leur miſère.
Déjà ces malheureux , par mes ordres nourris,
D'un bienfait imprévu paraiſſent attendris :
Tu pourrais, achevant leur conquête facile ,
Les ramener d'un mot dans le ſein de leur Ville ;
Tes jours ſont à ce prix. Ton grand cœur plaît au
      mien ,
Et mon Fils ſe promet d'être l'ami du tien.
Cède au Tems , au Vainqueur, que ſeul tu dois con‑
      naître ,
Laiſſe au ſort des Traités à fixer ton vrai Maître ;
Voilà tous les devoirs où tu dois t'arrêter.
Crois-tu que ton ſupplice engage à t'imiter ?
Quels Grands, ſur l'échaffaud, te prendront pour mo‑
      dèle ?
Va, les ſeuls Rois heureux ont une Cour fidèle :
Et ſi je règne enfin, tu n'es dans l'avenir
Qu'un Criminel obſcur que la Loi fit punir.
               F iij

SAINT-PIERRE.

Seigneur, j'ai defiré, pour prix de mon courage,
Le bien de mon Pays, sa gloire, & son suffrage.
Si la France succombe enfin sous vos exploits,
Il m'est doux que mon nom périsse avec ses Loix.
Vos armes cependant sont loin de les détruire;
Je le vois par les soins qu'on prend pour me séduire.
Oui, sur ma Nation, sur son génie ardent,
D'un éclat de Vertu vous craignez l'ascendant :
Mais le coup est porté. Si jamais ma faiblesse
De mes premiers efforts démentait la noblesse;
Le sentier de l'Honneur, que mes pas ont tracé,
Par mon lâche retour ne peut être effacé :
Vos bontés, sur les cœurs, obtiennent quelque empire;
Mais le Français combat l'Ennemi qu'il admire;
Leur valeur va s'accroître encor par vos bienfaits;
Ils voudront, en Vainqueurs, . . . les rendre à vos
    Sujets.

ÉDOUARD.

Mais comptes-tu pour rien la faveur légitime . . .

SAINT-PIERRE.

J'aurais votre faveur, & perdrais votre estime.
Vous méprisiez d'Artois en le comblant d'honneurs;
Vous allez m'envier chargé de vos rigueurs.
Eh! comptez-vous pour rien la foi pure & sacrée,
Qu'à Valois... votre bouche & la mienne ont jurée?

Mon cœur la gardera jusqu'au dernier soupir ;
Je n'ai pas , comme vous , le droit de la trahir.
Dieu ! que la Politique avilit la Couronne ,
Que la Probité simple honorerait le Thrône !
Valois de ses sermens ne fait point s'affranchir ;
Trompé par ses Rivaux , est ce à lui d'en rougir ?
Eh ! comment à mon Roi deviendrais-je infidèle ,
Quand j'ai devant les yeux sa vertu pour modèle ?

ÉDOUARD , se levant.

Eh ! bien ! cours au Trépas, que tu sembles chercher ;
Ton insolent Orgueil te pourra coûter cher.
A la Rébellion tu joins encor l'outrage !
Mais je ferai pâlir ton superbe courage.
Que le coupable sang de ton Fils expiré
Repaisse, avant ta mort, ton œil dénaturé.
Toi seul es son bourreau ; ses derniers cris peut-être
Dans le fond de ton cœur me vengeront d'un Traître.

SAINT-PIERRE , tremblant.

O mon Fils ! quel moment pour ce cœur paternel !..
[Reprenant sa fermeté.]
Mais... tu souffrirais plus à me voir criminel.

ÉDOUARD.

Inhumain !

SAINT-PIERRE.

C'est trop perdre & menace & promesse ;
J'ai honte que pour moi tant de fierté s'abbaisse :
F iv

Je crois voir fur nous deux les yeux de l'Univers ;
Les yeux de l'Avenir de toutes parts ouverts :
On regarde Édouard confeillant l'infâmie ;
Pour corrompre un Sujet épuifant fon génie :
Quel Mortel, de mon fort, ne ferait pas jaloux ?
Vous me forcez, Seigneur . . . d'être plus grand que
   Vous.

ÉDOUARD.

(Mauni entre avec les Gardes.)

Gardes... Qu'avec les fiens on le traîne au fupplice.

(Les Gardes emmenent Saint-Pierre.)

SCENE III.

ÉDOUARD, ALIÉNOR, MAUNI; UN HÉRAULT D'ARMES, GARDES.

ALIÉNOR, *à Mauni, voyant qu'on emmène*
    Saint-Pierre.

AH ! Mauni, fufpendez ce fatal facrifice.
[*A Édouard.*]   [*Mauni fort.*]
Par votre ordre, Seigneur, je quittais ces remparts ;
Ce Hérault de Valois a frappé mes regards ;

Et fa voix m'annonçant les plus heureux préfages,
Je reviens avec lui racheter nos Otages.
Nous ignorons du Roi le généreux deffein ;
Lui-même, en cet écrit, l'a tracé de fa main :
Mais on fait feulement qu'une offre inefpérée
De fes Sujets profcrits rend la grace affurée.

ÉDOUARD, *lifant la lettre.*

» Toi, qui t'ofant nommer le vrai Roi des Français,
» Dans les flots de leur fang fais chanceler leur Thrône;
» Si tu veux épargner les Héros de Calais,
» Je t'offre les moyens d'acquérir ma Couronne.
» Viens feul, avec moi feul, par un noble combat,
» Finir tous les malheurs de nos Sujets fidèles :
» Notre intérêt n'eft point l'intérêt de l'État ;
» En dignes Chevaliers terminons nos querelles.

[*Avec tranfport.*]   [*A fes Gardes.*]
Tous mes vœux font remplis. Qu'on brife l'échaffaud;
Que de riches préfens on charge ce Hérault :
Rendez lui ces captifs qu'à Valois j'abandonne,
Valois.. mérite enfin de difputer mon Thrône.

[*Au Hérault.*]

Va, qu'il choififfe l'heure & faffe ouvrir le champ ;
Cours, je me rends moi-même aux bornes de fon
        Camp.

ALIÉNOR, *au Hérault.*

Arrête. Il faut apprendre aux Français qui l'ignorent,
Cet excès de vertu du Maître qu'ils adorent.
Peuple, ton Souverain veut s'exposer pour toi ;
  [*en regardant Édouard.*]
Et l'on te blâme encor d'idolâtrer ton Roi !
Non, Seigneur ; ce Cartel qu'en frémissant j'admire,
Non, il n'aura jamais l'aveu de notre Empire.
Mais... Melun dans ces lieux.

SCENE IV.

ÉDOUARD, ALIÉNOR, MELUN, MAUNI, LE HÉRAULT D'ARMES, GARDES.

ALIÉNOR.

AH ! Comte, savez-vous
Pour quel dessein le Roi vient de nous tromper tous ?

MELUN.

J'ai surpris, dévoilé, publié ce mystère ;
Et j'accours, sur le cri de notre Armée entière,
Désavouer du Roi l'imprudente valeur,
Et rompre ce combat, vain projet d'un grand cœur.

Oui , Prince , c'eft en vain qu'il ouvre la carrière ,
Tous nos cœurs à Valois ferviront de barrière.
   Non pas que le fuccès allarme nos efprits.
Mais pour mon Roi vainqueur voyons-nous quelque
       prix ?
Quand il vient hafarder le Sceptre de la France ,
Celui de l'Angleterre eft-il dans la balance ?
Avez-vous confulté votre Sénat jaloux ?
Ce combat inégal n'a de prix que pour vous.
Je fais que pour Valois , le meilleur de nos Princes ,
Notre fang épargné vaut toutes vos Provinces ;
Mais , Seigneur , le répandre eft notre premier bien ;
Puifqu'il en eft avare , & prodigue du fien.
D'ailleurs , Maître de tout , l'eft-il de fa perfonne ?
Peut-il à d'autres Rois tranfporter fa Couronne ,
Aux mains d'un Étranger l'expofer aujourd'hui ?
La Loi qui fait le Prince eft au-deffus de lui.
Quand vous immoleriez Philippe & fes Fils même ;
Vainement votre front attend fon Diadême :
Tout le fang des Capets coulât-il par vos coups ,
Les derniers des Français ont des droits avant vous.
Je parle au nom des Grands, du Peuple & de l'Armée:
Mes devoirs font remplis.

    [*Il fort avec le Hérault d'Armes.*]

SCENE V.

ÉDOUARD, ALIÉNOR, MAUNI; GARDES.

ÉDOUARD, *furieux*.

O Colere enflammée ! . . .
L'accord de deux Rivaux n'eft donc qu'un vain bon-
    heur ! . . .
Ingrate Nation qu'a chéri mon erreur,
Je vais juftifier l'horreur que je t'infpire :
Qui ne peut te foumettre, ofera te détruire.
Si je ne puis règner dans les murs de Paris,
Tremble, je règnerai fur leurs fanglans débris.
C'eft ici le dépôt de vengeance & de haine,
D'où j'enverrai la mort aux rives de la Seine :
Je ferai de la France un plus affreux defert
Que celui qu'à mes yeux ces remparts ont offert :
On verra, fous les coups d'un Vainqueur & d'un
    Maître,
Dans la flâme & le fang vos Cités difparaître :
Que de la Loire au Rhin, des Alpes aux deux Mers,
Des nuages de cendre obfcurciffent les airs :

Qu'immolés à l'inftant ce Maire & fes complices,
D'un courroux immortel, confacrent les prémices.
[Il tombe dans un fauteuil, tout hors de lui.]

MAUNI.

Seigneur...

ÉDOUARD.

Allez, vous dis-je?

ALIÉNOR.

O transports pleins d'horreurs!
Altière Ambition, voilà donc tes fureurs!
Tu fais de l'Homme un Tigre; & ta rage effrenée,

EDOUARD, *s'appercevant que Mauni ne part point.*
Avez-vous entendu la loi que j'ai donnée?
Qu'on les mène à la mort.

MAUNI, *fans dureté.*

J'ai fuivi vos drapeaux,
Pour guider vos foldats & non pas vos bourreaux :
Seigneur, je vous l'ai dit, & vous devez m'en croire,
Plus que votre faveur, je chéris votre gloire :
L'Anglais n'eft point efclave en vous devant fa foi :
Vous m'avez confié la gloire de mon Roi,
C'eft un dépôt facré dont j'aimais à répondre :
Si vous le retirez, j'en vais gémir à Londre.

EDOUARD, *toujours affis.*
[A un Officier.]
Téméraire, fortez... Vous, allez m'obéir.

[Mauni & l'Officier fortent.]

ALIÉNOR
Harcourt vous abandonne, & Mauni va vous fuir!

O Maire de Calais, fois fûr de ta vengeance ;
Ton Rival, de ta mort, va répondre à la France.

ÉDOUARD, *fe levant.*

Comment ! ce vil Sujet, vous l'égalez à moi !

ALIÉNOR.

Un Sujet vertueux, s'immolant pour fon Roi,
Vaut bien un Roi, Seigneur, cruel dans fa victoire,
Embrâfant l'Univers pour une ombre de gloire.
Vous, Vaffal de la France & Sujet de Valois,
Du fang que vous verfez, vous rendrez compte aux
     Loix :
Par vos rébellions, les champs de l'Aquitaine
Reviendront pour jamais fous la main Suzeraine :
Vos neveux, dépouillés de ce Fief paternel,
Maudiront l'artifan d'un défaftre éternel :
Né pour être l'exemple & l'amour de la Terre,
Vous ferez le fléau même de l'Angleterre ;
Et l'Humanité fainte, expirant dans les pleurs,
Viendra vous reprocher des Siècles de malheurs.

SCENE VI.

EDOUARD, HARCOURT, ALIÉNOR, GARDES.

HARCOURT.

EDOUARD, j'ai rendu vos fureurs légitimes.
Mes foins, à l'échaffaud, arrachent vos victimes ;

Elles font maintenant près du camp de mon Roi.

EDOUARD.

Perfide, ofes-tu bien...

ALIÉNOR, *avec une joie tranquille.*

Il eſt digne de moi.

EDOUARD.

Quoi ! Ces Français ſi fiers, qui bravaient le ſupplice,
S'abbaiſſent, pour le fuir, au plus lâche artifice ?

HARCOURT.

Non. Je les ai trompés, ſans paraître à leurs yeux.
A peine le Hérault eſt entré dans ces lieux,
J'ai publié, Seigneur, qu'en vos mains apportée,
A l'inſtant leur rançon venait d'être acceptée :
J'ai ſuppoſé votre ordre & hâté leur départ,
Avant Melun lui-même ils quittaient ce rempart.
Votre armée, autour d'eux, chantant leur délivrance,
Confirmait leur erreur & ſervait ma prudence.
Entendez-vous ces cris ? Tous les cœurs ſont jaloux
De vanter les vertus que j'annonçais en vous.

Pour ces Infortunés je vous donne ma vie ;
Qui cauſa leur malheur, pour eux ſe ſacrifie ;
C'eſt le moindre devoir. Rempliſſez donc vos vœux;
Raſſemblez ſur moi ſeul leurs ſupplices affreux...

EDOUARD.

Tu les as mérités.

HARCOURT.

Ce n'eſt point quand mon zèle
Vient de vous épargner une honte éternelle ;

Mais lorsque, trahissant mon Prince & mon Pays,
J'ai porté la victoire à leurs fiers ennemis.

[*A Aliénor.*]

Ah ! j'en pleure de honte. Ah ! dites à mon Maître
Que je meurs son Sujet & digne enfin de l'être.

[*Avec transport.*]

J'abjure entre vos mains le serment détesté
Qu'à son Rival heureux ma fureur a prêté...

EDOUARD.

Traître, qui m'as promis comme au Roi légitime...

ALIÉNOR.

Le parjure est vertu quand on promit le crime.

EDOUARD.

Votre amour fait son crime & sa perte en ce jour.

ALIÉNOR.

Il s'immole à sa gloire, & non à mon amour.
Mais l'Amour peut enfin reprendre sa puissance ;
Il ne fut point son guide, il est sa récompense.
Cher Harcourt, je te rends & te prouve ma foi ;
Je mourrai ton amante & mourrai près de toi.
Que vois-je ?

EDOUARD.

Ciel !

SCENE

SCENE VII. & derniere.

EDOUARD, HARCOURT, ALIÉNOR, MAUNI, SAINT-PIERRE, AURELE, AMBLÉTUSE, LES TROIS AUTRES BOURGEOIS, GARDES.

HARCOURT, *à Saint-Pierre.*

C'EST vous !

SAINT-PIERRE, *à Harcourt.*

[*A Edouard.*] J'ai fçu votre artifice :
Et vous voyez, Seigneur, fi j'en fuis le complice.
Nous marchions, regrettant un glorieux trépas ;
Mais le brave Melun vient d'atteindre nos pas :
Son trouble à notre afpect, fa joie embaraffée
De foupçons importuns ont rempli ma penfée.
J'ai preffé fa franchife : à notre fermeté
Sa candeur héroïque a dû la vérité.
O mon Roi ! quel amour ! quels exemples fublimes !
Tu hazardais tes jours... Reprenez vos victimes,
Seigneur. Sur mon Pays quels que foient vos projets,
Vous connaiffez enfin le Maître & les Sujets.

EDOUARD.

Je demeure interdit.

[*Il refte appuyé fur un fauteuil.*]

G

HARCOURT, *à Saint-Pierre.*

Ah ! la mort nous rassemble ;
Vous ne trahirez pas tous mes desirs ensemble.
[*A Aliénor.*] [*Prenant la main de Saint-Pierre.*]
Adieu... Marchons, Amis.

[*Ils font un pas en silence.*]
AURELE, *regardant Edouard & son Pere.*

Je cède à mon effroi.
Seigneur... [*Il se jette aux pieds d'Edouard.*]
SAINT-PIERRE, *se retournant.*

Mon fils, aux pieds d'un autre que son Roi !
AURELE, *à son Père.*

Oui, j'ose demander, (c'est ma seule priere,)
[*A Edouard.*]
De mourir le premier ... loin des yeux de mon Père.
Seigneur, songez au vôtre... Ah! quand des fers brûlans
Étaient prêts de percer & d'embrâfer ses flancs ;
Si tombant aux genoux de son Juge inflexible,
Vous eussiez vû ce Tigre, à vos pleurs insensible,
Le frapper, vous couvrir de son sang paternel...
Vous fûtes malheureux, & vous êtes cruel !
SAINT-PIERRE, *relevant son Fils.*

Leve-toi, je rougis...
EDOUARD.

Où suis-je? & quel murmure,
Quels cris attendrissans jette en moi la Nature !
ALIÉNOR.

Ah ! Seigneur, gardez-vous d'en étouffer la voix ;
Le Monde est trop heureux quand elle parle aux Rois,

EDOUARD.

Par tant de traits puissans mon ame est pénétrée!
Quel bandeau tombe enfin de ma vue égarée !
De combien de Héros je suis environné !
Par combien de vertus je me sens condamné !
Ma fière ambition m'allait conduire au crime.
Gloire , Idole des Rois, le Peuple est ta victime.
Ah ! je veux me punir. Je le veux. Je le dois....
O Ciel ! quel sacrifice il faut faire à Valois ! ...
Mais n'importe... Vivez , ô généreux courages...

AURELE.

Mon Pere !

EDOUARD.

De la Paix soyez les premiers gages ;
Allez. Si vos vertus ont aigri mon courroux,
D'un Roi que vous servez on peut être jaloux.
[A Harcourt.]
Toi , qui les as sauvés de ma fureur extrême ,
Tu me rends à l'Honneur., je te rends à toi-même ;
Retourne vers ton Roi. Qu'il juge , par ce don,
Si de son Ennemi je veux garder le nom.
En vain , depuis trois ans, la Fortune l'accable ,
Un Peuple si fidèle est un Peuple indomtable.
Lorsque sur les Français je prétendis règner ,
Je cherchais leur amour que j'espérais gagner :
Mais il faudrait les vaincre en Tyran sanguinaire :
S'il n'est un don des cœurs, le sceptre peut-il plaire ?
Je renonce à leur Thróne,

G ij

MAUNI, *avec fermeté.*

Ah ! je vous reconnais :
Voilà le noble orgueil d'un cœur vraiment Anglais.

EDOUARD, *prenant la main de Mauni.*

C'eft par d'autres vertus qu'on va me reconnaître,
Je veux faire, aux Français, regretter un tel Maître.

SAINT-PIERRE.

Seigneur, par vos vertus, attendez des Français
Refpect, eftime, amour, ... & non de tels regrets.
Daignez, en ce moment, recevoir notre hommage.
L'honneur d'un beau trépas a flatté mon courage ;
Mais je vais vous devoir le bien de mon Pays :
Ma vie eft un préfent qui m'eft doux à ce prix.

ALIÉNOR.

Grand Prince, avec mon Roi, que de nœuds vous
raffemblent !
Le Ciel fit pour aimer les cœurs qui fe reffemblent.
Ah ! de l'Humanité rétabliffez les droits ;
A l'Europe, tous deux, faites chérir fes loix ;
Que, par vous, des Vertus cette Mère féconde,
Soit la Reine des Rois, & l'Oracle du Monde.

FIN.

NOTES HISTORIQUES

Sur le Siége de Calais.

Je crois devoir commencer par le récit entier de l'évène-
ment qui fait le sujet de la Tragédie qu'on vient de
lire. On verra sans doute, avec plaisir, ce récit tel
qu'il est dans Froissard, Auteur contemporain. La
naïveté de son vieux langage porte l'empreinte de la
vérité. J'en retrancherai seulement quelques circons-
tances inutiles, & j'y changerai quelques mots deve-
nus inintelligibles pour le commun des Lecteurs.

RÉCIT DE FROISSARD.

JEAN DE VIENNE, Gouverneur de la Ville, monta aux Cré-
neaux & fit signe à ceux de dehors qu'il voulait parler à eux.
Quand le Roi d'Angleterre ouit cette nouvelle, il y envoya
Monseigneur Gaultier de Mauny & Messire Basset. Jean de
Vienne leur dit : chers Seigneurs, vous êtes vaillans Chevaliers
en fait d'armes, & savez que le Roi de France nous a céans
envoyés, & commandé que nous gardassions cette Ville &
Chastel. Nous en avons fait notre pouvoir : mais nous n'avons
plus de quoi vivre. Il nous faudra tous mourir ou enrager de
famine, si le Gentil Roi votre Seigneur n'a merci de nous. Laquelle chose lui veuillez prier, *& qu'il nous laissé aller tout ainsi*
que nous sommes, & veuille prendre la Ville & le Châtel, & tout
l'avoir (toutes les richesses) qu'il y a dedans. Il en trouvera assez.
A ce répondit Messire de Mauny : Nous savons partie de l'intention de Monseigneur le Roi ; car il nous l'a dit. Sachez que ce
n'est mie son entente que vous vous puissiez aller ainsi ; ains son
intention est que vous vous mettiez tous à la pure volonté, pour

rançonner ceux qu'il lui plaira, ou pour faire mourir. Monſeigneur Jean de Vienne dit : ce ſerait choſe trop dure pour nous : Nous ſommes céans un petit nombre de Chevaliers & Écuyers qui avons ſervi notre Souverain Sire, comme vous ſerviriez le vôtre en pareil cas : mais nous ſouffririons tout au monde plûtôt que nous conſentiſſions que le dernier de la Ville fût plus maltraité que nous. Nous eſpérons de la Gentilleſſe (de la généroſité) du Roi d'Angleterre, que ſon deſſein changera. Mauny (ou Manny) retourna vers le Roi, qui dit n'avoir volonté de faire autrement. Monſeigneur, lui dit Mauny, vous pourriez bien avoir tort : car vous donnez très-mauvais exemple. Si vous nous envoyez en aucune de vos Fortereſſes, nous n'irons mie ſi volontiers ; ſi vous faiſiez ces gens mettre à mort, ainſi ferait-on de nous en ſemblable cas. Ces paroles furent ſoutenues par tous les Barons qui étaient préſens. Eh ! bien, dit le Roi d'Angleterre, je ne veux mie être ſeul contre tous : vous direz au Capitaine de Calais que la plus grande grace qu'il pourra trouver en moi, c'eſt qu'ils partent de la Ville ſix des plus notables Bourgeois, les chefs nuds, les hars au col, & d'eux je ferai à ma volonté, & le rémanant prendrai à merci. Mauni retourna vers Jean de Vienne qui aſſembla les Bourgeois, & léur fit rapport des paroles d'Édouard. Lors ſe mirent à pleurer femmes & enfans : il n'eſt cœur ſi dur qui n'en eût pitié. Après ſe leva Euſtache de Saint-Pierre, *le plus riche Bourgeois de la Ville,* lequel dit devant tous. Seigneurs : grands & petits, grand méchef ſerait de laiſſer mourir un tel Peuple qui cy eſt par famine ou autrement, quand on y peut trouver quelque moyen. Et ſerait grande grace envers notre Seigneur qui de tel méchef le pourrait garder. J'ai en droit de moi ſi grande eſpérance ſi je meurs pour ce Peuple ſauver que je veuille être le premier. A peine eut-il parlé que chacun l'alla adorer de pitié. Auſſi-tôt ſe leva Jean d'Aire, très-honnête & très-riche Bourgeois ; après lui Jacques de Wiſſant qui dit qu'il tiendrait compagnie à ſes deux couſins ; ainſi fit Pierre de Wiſſant ſon frère : & puis le cinquième & le ſixième.

On conduiſit ces ſix victimes hors des portes, & le Seigneur de Vienne dit à Mauni : je vous délivre par le conſentement du Peuple de cette Ville, ces ſix Bourgeois, & je vous jure *que ce ſont les plus honorables & notables du corps de Bourgeoiſie de la ville de Calais.* Veuillez prier pour eux le Roi

votre Seigneur , qu'ils ne meurent pas. Je ne fai , dit Mauny ,
mais j'en ferai mon pouvoir. Mauny les préfenta au Roi, au milieu d'une foule de Barons & Chevaliers Anglais qui pleuraient
de pitié. Édouard les regarda d'un œil courroucé ; car il haïssait
beaucoup le Peuple de Calais, & commanda *qu'on leur tran-*
chât les têtes.

Tous les Seigneurs fuppliaient le Roi de leur faire grace ,
mais il n'y voulait entendre. Alors Mauny reprit la parole :
Gentil Sire , lui dit-il , veuillez réfréner votre courage ; vous
avez renommée de fouveraine gentilleffe & nobleffe ; or ne
veuillez faire chofe pourquoi elle foit amoindrie. Tous diraient que ce ferait grande cruauté fi vous étiez fi dur que vous
fiffiez mourir ces honnêtes Bourgeois, qui de leur propre volonté fe font offerts pour les autres fauver. A quoi le Roi répondit : Mr. Gaultier , il n'en fera autrement : Soit fait venir
le Cope-tête. Ceux de Calais ont tant fait mourir de mes hommes qu'il convient eux mourir auffi.

La Reine d'Angleterre , qui était enceinte , fe mit à genoux
en pleurant : Ah ! Gentil Sire, depuis que j'ai repaffé la Mer en
grand péril , je ne vous ai rien requis : or vous prie humblement
en don que pour le Fils de Sainte Marie , & pour l'amour de
moi , vous veuillez avoir de ces fix hommes merci. Le Roi la
regarda , fe tut un moment & lui dit. Ah ! Madame , j'aimerais
mieux que vous fuffiez autre part que cy : mais vous me priez
fi acertes que je ne puis vous éconduire ; fi vous les donne à
votre plaifir. Lors la Reine les emmena dans fon appartement,
leur fit ôter les cordes d'entour du cou , les fit revêtir , & diner
à leur aife · puis donna à chacun fix nobles , (ou écus d'or)
& les fit conduire hors du camp en fûreté.

Réflexions fur ce récit.

On ne peut rien de plus fimple , rien de mieux circonftan-
cié. Ces faits font encore atteftés par les meilleurs Hiftoriens
Français & Anglais. Voyez Mézerai, Daniel, Villaret, Smolett ; & fingulièrement Rapin Thoiras qui , de tous les Auteurs , eft le plus partial en faveur d'Édouard. » Malgré l'inter-
» ceffion du Prince de Galles & de toute la Cour, le Roi or-
» donna , dit-il , de conduire au fupplice les fix Habitans de
» Calais. Mais quelque réfolution qu'il eût prife, il ne put voir

» à ses genoux une Épouse qu'il aimait tendrement, & à la-
» quelle il avait tant d'obligations ». Rapin Thoiras finit en
aſſurant que cette action fit le plus grand honneur à la Reine
d'Angleterre.

Il m'eſt revenu qu'un Étranger reſpectable par ſes talens &
par ſes lumières, avait eſſayé de répandre des nuages ſur la
vérité de ce trait d'Hiſtoire; & que ſes doutes étaient fondés ſur
le ſilence de la plûpart des Écrivains Anglais. Mais le ſilence de
quelques Auteurs eſt-il jamais une preuve contre le témoignage
des autres, & ſurtout contre un récit auſſi détaillé, fait par un
Hiſtorien contemporain tel que Froiſſard ? Il avait quatorze
ans lorſque la ville de Calais fut priſe. Il ne commença ſon
hiſtoire que ſix ans après. Mais il fut à portée de voir, & il
vit en effet Mauni, & le plus grand nombre des Seigneurs
Anglais qui s'étaient trouvés à ce fameux Siége. Il était né
en Hainaut, & il avait ſuivi en Angleterre la Reine Épou-
ſe d'Édouard, qui était fille du Comte de Hainaut. On
pourrait même croire que Froiſſard rapporte, à peu de
choſe près, les termes dont ſe ſervirent le Roi, la Reine &
Mauni ; puiſque le Français était alors la langue commune de la Cour d'Édouard : ce ne fut que pluſieurs années
après que l'on ceſſa en Angleterre d'écrire les actes publics
en langue Française. » J'ai mis, dit cet Auteur, grande di-
» ligence en mon tems, pour ſavoir. J'ai cherché maint Royau-
» me & maint Pays pour faire juſte enquête de toutes les cho-
» ſes qui ſont contenues en cette hiſtoire : j'en ai vu en mon
» tems la meilleure partie. J'ai eu connaiſſance des Hauts Prin-
» ces & Seigneurs, tant en France qu'en Angleterre.... De-
» puis l'âge de vingt ans, j'ai travaillé trente-ſept ans à cette
» hiſtoire ... Or fus-je cinq ans de l'Hôtel du Roi & de la
» Reine d'Angleterre. Cette bonne Reine fut dans mon jeune
» tems ma Dame & ma Maitreſſe ... Et pour certain mon
» grand plaiſir était d'enquérir, & auſſi-tôt écrire comme j'a-
» vais fait les enquêtes.

J'ajouterai que, dans cette occaſion particulière, le récit de
Froiſſard eſt garanti par la Reine d'Angleterre même, qui reçut des mains de cet hiſtorien, & reçut avec approbation * le

---

* *Voyez la Préface de Froiſſard.*

livre où tous ces traits font rapportés. Aurait-il jamais ofé louer cette Princeffe d'une action qu'elle n'aurait point faite ? Aurait-il, dans la Cour d'Édouard, auquel il était attaché, & dont il fait le Héros de fon hiftoire, aurait-il ofé dire à la Reine ; le Roi votre Époux a été prêt de fe deshonorer par une cruauté atroce ; fi cet évenement n'eût été public dans toute la France & dans toute l'Angleterre ? Ou cette réflexion eft décifive, ou il n'y a rien de certain dans l'Hiftoire ; & alors que fert de contefter ?

On a prétendu encore diminuer la gloire de nos fix Héros de Calais, en difant qu'ils devaient bien fe douter qu'Édouard leur ferait grace. Mais pourquoi s'en feraient-ils flattés ? Édouard qui fe prétendait Roi de France avait, au commencement du Siége, menacé d'exterminer tous les Caléfiens comme des Rebelles ; au moment de la Capitulation il venait d'exiger qu'ils fe rendiffent tous à difcrétion, *pour rançonner une partie & faire mourir l'autre :* Enfin il fe réduifait *par grande grace* à n'en faire périr que fix. Sur quel fondement ces fix Malheureux pouvaient-ils donc efpérer une nouvelle clémence ? D'ailleurs il eft prouvé que fans les pleurs de la Reine d'Angleterre, on leur tranchait la tête ; & le fuccès des larmes de cette Princeffe n'était pas une chofe que l'on pût deviner, puifque l'on ignorait même fi elle en répandrait.

Mais, dit-on, Édouard ne fit point pendre Charny qui, après la prife de Calais, corrompit le Gouverneur Anglais & fut pris en fe préfentant aux portes de la Ville. Réponfe. Édouard fe fit une partie de plaifir de furprendre cet Officier & le détachement de la Garnifon de St. Omer qu'il commandait. Édouard vint exprès de Londres avec le Prince de Galles pour cette expédition qui ne méritait guères fa préfence. Mais de ce que ce Monarque, dans un moment de gaieté & de plaifanterie, traita les Officiers Français avec toute la courtoifie d'un Chevalier, peut-on en conclure que fix mois auparavant il n'ait pas été dans la colère la plus terrible contre les Bourgeois de Calais ? Au contraire il ferait plus vraifemblable de dire qu'Édouard ne pardonna à Charny que par le fouvenir de l'honneur que fon époufe s'était fait en obtenant la grace d'Euftache de Saint-Pierre.

Enfin il eft conftant qu'en 1418, au Siége de Rouen, Henri V. à l'exemple d'Édouard, voulut qu'on lui livrât auffi quelques Bourgeois ; & qu'il eut l'inhumanité de faire périr fous

ſes yeux, par la main des Bourreaux, Alain Blanchard, Maire
de la Ville, homme d'un courage héroïque, fait pour mériter l'eſtime & le reſpeÉt d'un Ennemi qui ſe reſpeÉte &
s'eſtime lui-même. Je demande quelles raiſons Euſtache aurait eues pour attendre d'Édouard plus de généroſité ? Je crois
encore que la Capitulation de Rouen, qui n'eſt qu'une ré-
pétition de celle de Calais relativement aux ſix Bourgeois, devient une nouvelle preuve de la vérité du récit de Froiſſard. Il
eſt auſſi très-néceſſaire d'obſerver qu'Édouard III. & Henri V.
ne traitèrent jamais que le Peuple en rebelle. Les Chevaliers
en furent toujours quittes pour des rançons : tant parce qu'on
reſpeÉtait les loix de la Chevalerie, que parce que la rançon
était le bien propre de celui qui avait fait un priſonnier.

Le ſecours qu'à grands pas le Roi m'me conduit.

Philippe de Valois vint en effet avec une armée très-nom-
breuſe pour délivrer Calais. Mais le camp d'Édouard était inat-
taquable. On employa en vain toutes ſortes de voies pour l'en
faire ſortir. On ſaccagea tous les pays voiſins, on brûla Caſſel.
Les Flamands qui étaient joints aux Anglais, virent tranquil-
lement ces incendies, & reſtèrent immobiles dans leurs re-
tranchemens. Philippe attaqua une Tour avancée qui était du
côté de la Mer & qui fut emportée ; mais on ne put pénétrer
plus avant. Il eſt aiſé de voir qu'en préſentant ce choc comme
une aÉtion générale, mon deſſein a été de rapprocher les prin-
cipaux événemens de la bataille de Créci, tels que la bleſſure
du Roi, la mort de Louis d'Harcourt, &c. &c. &c.

Qui, nous environnant d'immenſes boulevards,
Forme un autre Calais autour de nos remparts.

Tous les Hiſtoriens rapportent qu'Édouard fit conſtruire en
bois entre les remparts de Calais, la rivière & la Mer, une
nouvelle ville où l'Armée Anglaiſe paſſa l'hiver, & qui était
mieux fortiſiée que Calais même.

Ce fut en l'outrageant qu'on le rendit coupable.

Quoi qu'en difent la plûpart des Hiftoriens Français, il n'eft pas prouvé que Godefroi d'Harcourt fut réellement complice d'Olivier de Cliffon, & des autres Seigneurs Bretons qui furent décapités pour avoir trahi Philippe de Valois. L'Abbé de Choify femble annoncer le contraire. Smolett, d'après d'autres Hiftoriens Anglais, prétend que la difgrace de ce Seigneur fut l'effet d'une querelle violente qu'il eut avec le Maréchal de Bricquebec, & dans laquelle il ofa tirer l'épée en préfence du Roi. La Roque, Hiftorien de la Maifon d'Harcourt, rapporte le fujet même de cette querelle ; l'amour y avait part. Godefroi voulait époufer la fille d'un Seigneur Du Moley, & il avait pour rival le fils du Maréchal de Bricquebec. Ne pouvant rappeller tous ces détails dans ma Tragédie, j'ai préfenté la révolte d'Harcourt fous le point de vue le moins défavantageux : je l'ai fait paraître coupable comme le fut depuis un grand Prince beaucoup plus utile, mais prefque auffi funefte que lui à fa Patrie.

✿

Et dont le feul Anglais effraye encor la Terre.

Prefque tous les Auteurs s'accordent à fixer le premier ufage du Canon au jour de la bataille de Créci. M. de Voltaire, dans fon Hiftoire Univerfelle, détaille des doutes très-bien fondés fur cette époque prétendue de l'invention de l'Artillerie. Mais ce Poëte Philofophe eût, dans une Tragédie, fuivi l'opinion commune qui lui aurait procuré des richeffes de détails ; & j'ai ufé, comme il l'eût fait, des droits de la Poëfie.

✿

La feconde Moiffon vient de dorer nos plaines.

Selon les Annales de Calais le Siége dura un an, ayant commencé le 30 Août 1346. & fini dans les derniers jours du même mois en 1347. Édouard pendant le cours du Siége reçut un renfort de 30000 hommes que lui amenèrent le Marquis de Juliers & le Comte de Namur ; un autre de 17000 Anglais victorieux, qui pafferent la Mer à la fuite de la Reine fon époufe,

après avoir battu, fous les ordres de cette Héroïne, & fait prifonnier le Roi d'Écoffe. Malgré toutes ces forces réunies, il ne
put prendre la Ville que par famine ; & les malheureux habitans mangèrent pendant plufieurs jours *les chevaux*, *les chiens*,
& même jufqu'aux chats & aux fouris.

❖

Il veut qu'en abjurant notre Loi légitime.

Rapin Thoiras affure en effet, ainfi que les autres Écrivains,
qu'Édouard fomma Jean de Vienne de lui rendre la Ville comme
au véritable Roi de France. Ce Prince en avait pris le titre dans
fes lettres particulières, & dans les Lettres Patentes données au
Duc de Brabant, & cela dès l'année 1337, huit ans après avoir
prêté folemnellement foi & hommage à Philippe de Valois. En
1340 il datta un refcrit adreffé aux Habitans de St Omer, &
le fameux Cartel envoyé à Philippe, *de la première année de*
notre règne en France & de la 14me. *en Angleterre* Cela paraît
affez mal calculé : car s'il était Roi de France, il l'était depuis
la mort de Charles le Bel, c'eft-à-dire depuis douze ans. On
doit être encore très-étonné de voir Édouard traiter en égal
le Roi Jean, fon prifonnier, qu'il regardait comme un Ufur-
pateur. Sa conduite, toujours contradictoire avec elle-même,
prouve combien il comptait peu fur fes prétendus droits.

❖

Faifons-nous un bûcher de la Patrie en cendre.

Je ne fais fi cette propofition fut hazardée dans Calais. Il
eft certain qu'elle fut faite & même approuvée dans Orléans,
lors de ce fameux Siége que firent lever le Comte de Dunois
& l'intrépide Jeanne d'Arc. Mézerai rapporte qu'au Siége de
Rouen, dont j'ai déjà parlé, les Habitans furent prêts de fe
jetter tous les armes à la main dans le Camp des Anglais,
après avoir mis le feu dans tous les quartiers de la Ville. J'ai
fait ufage, dans mon fecond Acte, de cette réfolution coura-
geufe que le défefpoir femblait autorifer.

❖

S'il nous laisse partir , Guerriers , Femmes , Enfans

Je crois avoir saisi une Vérité échapée aux Historiens. Ils n'ont pas réfléchi sur ce qu'ils écrivaient , quand ils ont dit que ce fut Édouard qui chassa de Calais tous les Habitans. Il est bien peu vraisemblable qu'un Prince qui se disait Roi de France , ait commencé par se priver de ses Sujets , en les renvoyant de la première ville qu'il soumettait. Ce n'était guère le moyen de gagner les cœurs. Mais les propres mots de la Capitulation , rapportés par Froissard , & par les autres Historiens , démontrent que ce furent les Habitans qui demandèrent à abandonner leur ville, pour se rendre auprès de leur véritable Maître. Qu'on se rappelle que le Gouverneur demanda à Mauni en termes exprès : *que le Gentil Roi votre Seigneur nous laisse aller tout ainsi que nous sommes , & veuille prendre la Ville & & le chastel, & tout l'avoir qu'il y a dedans, il en trouvera assez.* A quoi Mauni répond : *ce n'est mie son entente que vous puissiez vous en aller ainsi.* Rien n'est plus clair. Et lorsque j'ai fondé la colère d'Édouard sur cette proposition si étrange , je me suis persuadé que c'était plûtôt une vérité qu'une vraisemblance. Les Annales de Calais vantent beaucoup une pareille résolution prise dans la même Ville en 1596 , lorsque l'Archiduc Albert en fit le Siége. Mais il est évident que ce ne fut alors qu'une imitation du grand exemple donné 250 ans auparavant. En effet rien ne pouvait en 1596 exciter un enthousiasme si extraordinaire. Henri IV était affermi sur le Thrône. L'Archiduc ne voulait pas forcer les Calésiens à reconnaître un autre Roi de France ; il ne prétendait soumettre la Ville qu'à titre de conquête. D'ailleurs il est si vrai que l'Archiduc avait devant les yeux l'évènement de 1347 , qu'il stipula expressément que le Gouverneur se retirerait dans la Citadelle avec la Garnison ; *mais que les Habitans demeureraient dans la Ville en leurs maisons, & & ensemble toutes leurs familles.* Cette Capitulation portée aux Bourgeois par le Gouverneur fut universellement rejettée. Ils se retirèrent tous dans la Citadelle. J'ose le dire avec confiance, la combinaison de ces deux actions généreuses prouve que la seconde ne fut dûe qu'au souvenir de la première.

Moi qui , malgré la voix de fon Sénat augufte ;
L'ai feul precipité dans cette guerre injufte.

Le Parlement d'Angleterre n'aida que faiblement Édouard dans le commencement de cette guerre ; & fans le fecours des Flamands , & des Provinces Françaifes foumifes dès long-tems à fa domination , jamais Édouard n'eût fait valoir fes prétendus droits. Ce fut Robert d'Artois qui engagea le Monarque Anglais à entreprendre la guerre : mais ce fut Godefroi d'Harcourt qui le détermina à defcendre en Normandie , où la Fortune commença à le favorifer. Car jufqu'alors Édouard n'avait eu aucun fuccès ni en Guienne , ni en Bretagne , ni même en Flandres où il avait été forcé de lever le fiége de Cambrai , & celui de Tournai.

❖

L'Epoufe d'Edouard & l'altière Monfort,

La Comteffe de Montfort avait exécuté au Siége d'Hennebon le projet qu'Aliénor propofe ici. Elle avait dans une fortie embrâfé toutes les tentes des Affiégeans ; & à la faveur de ce défordre , détruit une partie de leur armée. Voyez d'Argentré fur cette Héroïne , qui réuniffait la valeur d'un Soldat aux talens d'un Capitaine.

❖

Vos débats généreux au Sort feront remis.

Les Annales de Calais affûrent , d'après d'anciens Mémoires, que le cinquiéme & le fixiéme Bourgeois furent tirés au Sort , parmi plus de cent qui s'offrirent en voyant la générofité des quatre premiers. C'eft peut-être ce grand nombre qui a empêché que les noms des deux derniers ne fe foient confervés comme ceux des autres.

❖

C'eft d'ici que Céfar triomphant des Morins.

S'il n'eft pas certain que Calais foit réellement le *Portus Itius* , d'où Céfar partit pour l'Ang eterre ; il eft prefque démontré que ce fut un des Ports où fa Flotte s'affembla. Les

Morins defcendaient des Cimbres ou anciens Saxons. Leur pays comprenait une grande partie de la Picardie, de l'Artois & de la Flandre. Térouanne était leur Capitale. Lorfque Charles-Quint eut détruit entièrement cette Ville, il fit élever dans la place où elle avait été une colonne avec cette Infcription qui confervait encore l'ancien nom des Habitans : *DELETI MORINI.*

❖

> *L'éclat de fon Empire, avec fafte étalé,*
> *Me montra tous les biens dont j'étais dépouillé.*

Ce fait eft vrai, & la conféquence que j'en tire ne l'eft peut-être pas moins. Édouard ne connut qu'au moment de fon hommage, la grandeur du facrifice qu'il croyait faire de fes droits fur la Couronne de France. Retourné en Angleterre, *il ne tarijjait point fur le grand état & fur les honneurs qui étaient en France ; auxquels, difait-il, de faire ou d'entreprendre à faire nul autre pays ne s'accomparaige :* (ne peut fe comparer.) On entend ce que fignifient de telles expreffions dans la bouche d'un Prince ambitieux. Elles annoncent l'amertume du regret & le feu du defir. Un mot peint l'ame des Rois.

❖

> *Valois trop fortuné, &c.*

Philippe de Valois fut furnommé *le Fortuné*, titre que lui procura fon avénement au Thrône, où il ne pouvait naturellement efpérer de monter. Philippe le Bel avait laiffé trois Fils, dont il n'était que le coufin germain. Au refte, il eft très-fimple qu'un Roi tel qu'Édouard préférât le Thrône de France à celui d'Angleterre. Je crois que bien des Rois diraient ce que je lui fais dire.

❖

> *Ne fouffrez pas, hors des Champs de la Gloire,*
> *Que le fang des Français fouille encor ma Victoire.*

Godefroi d'Harcourt avait empêché la ruine entière de Caën, où Édouard ordonnait de mettre le feu. Je le peins ici tel qu'il fut dans cette autre circonftance.

Ma mere est le Héros qui m'aprit à regner.

Isabelle était certainement plus faite pour règner qu'É-douard II. Son fils peut parler d'elle avec éloge, puisqu'en effet il n'a jamais avoué publiquement qu'elle eût contribué à l'assassinat de son mari.

❖

Si je n'eusse vaincu dans les Champs de Créci.

Harcourt, depuis la descente en Normandie, avait été fait Maréchal Général de l'Armée Anglaise ; La Roque dit même Connétable. Il remporta plusieurs Victoires avant celle de Créci. Dans cette mémorable journée il commandait la pre-miere ligne de l'Armée d'Édouard, avec le Prince de Galles âgé de quinze ans. (Il était né en 1331.) Cette première ligne gagna seule la bataille. Et le Roi d'Angleterre dit lui-même : *Je veux que l'Enfant gagne ses eperons, que la journée soit sienne, & que l'honneur lui en demeure, à lui, & à ceux à qui je l'ai baillé en garde.* On ne peut pas faire un aveu plus ho-norable au Comte d'Harcourt.

❖

L'Epouse d'Edouard, l'intrépide Isabelle.

La plûpart des Historiens la nomment *Philippe*, quelques autres *Isabelle*. Peut-être portait-elle les deux noms. J'ai dû choisir le plus agréable, & éviter celui qui aurait pu faire quelque confusion avec le nom de Philippe de Valois. Elle était fille du Comte de Hainault, & nièce du Roi de France.

Héros dans le combat, homme après la Victoire.

J'ai regret que mon sujet ne m'ait pas permis de donner plus d'éloges au fameux Prince de Galles, connu sous le nom du Prince Noir, & beaucoup plus Grand-homme que son Père. Je n'ai pu donner une idée de sa magnanimité qu'en lui faisant sauver le Comte de Vienne, sans ordre d'Édouard, & au risque même de le mécontenter. Cette action est absolument dans

son

fon caractère, & fa vie offre plus d'un trait de cette nature. Lorfqu'il eut pris le vaillant Du Guefclin à la bataille de Navaret, Édouard lui recommanda de le faire garder avec foin. Mais le Prince de Galles le mit en liberté dès qu'on lui fit entendre qu'il ferait foupçonné de craindre Du Guefclin, s'il le retenait prifonnier.

❖

Toi qui, t'ofant nommer le vrai Roi des Français.

Ces cartels étaient fort de mode en ce tems-là. Edouard avait envoyé défier Philippe de Valois en 1340. Philippe le défia à fon tour pendant le Siège de Calais. Le Roi Jean en fit de même en 1355. Toutes ces démarches furent fans effet. Elles étaient confeillées par le courage, & combattues par des raifons fupérieures.

❖

Seigneur, fongez au vôtre... Ah ! quand des fers brûlans
Etaient prêts de percer & d'embrafer fes flancs...

On a accufé Edouard d'avoir été un Fils barbare. Il a, dit-on, déthrôné fon Père ; il a enfuite relegué fa Mère dans une prifon, où il l'a retenue pendant 28 ans, ne lui donnant que 500 livres fterlings de penfion. Le premier de ces reproches eft faux dans le fait : l'autre eft injufte & mal fondé dans fes conféquences.

Dabord il n'eft dit nulle part, & on ne peut pas même imaginer, qu'Edouard ait déthrôné fon Père. Il n'avoit pas 13 ans quand fa Mère débarqua avec lui en Angleterre, & fe mit à la tête de l'armée : il était né en Octobre 1313, & ce fut dans les premiers mois de l'année 1326 que la Reine déclara la guerre, non pas à fon mari, mais à fes Mignons. Car le Manifefte était rempli, felon l'ufage, des plus fortes affurances de refpect pour le Roi. Or on ne déthrône pas fon Père à 12 ans & demi ; & au contraire l'on croit facilement à cet âge une Mère qui dit : je fuis bien éloignée d'en vouloir au thrône de mon Epoux. Quand la Reine fut maitreffe de la perfonne du Roi, elle voulut profiter de tous les avantages que lui offrait un fuccès qu'elle n'avait peut-être pas efpéré. Elle fongea à le faire dépofer. Il fallut convoquer un Parlement ; il fallut pour cette convocation négocier avec le Roi, qui feul avait droit de la

H

faire. Enfin il eut la faiblesse d'y consentir. Le Parlement assemblé par son ordre lui fit son procès, le déposa, & donna la Couronne à son Fils. M. de Voltaire rapporte dans son Histoire Universelle, la forme singulière de cette déposition.

Cette scene se passa en Janvier 1327. Le jeune Edouard avait alors 13 ans & 3 mois. Il touchait donc de bien près à l'enfance, s'il n'y était pas encore. Que fit-il cependant? On eut beau lui dire que son Père était un imbécile hors d'état de régner, qu'il fallait qu'il acceptât la Couronne dans ce moment, s'il voulait se l'assurer pour l'avenir : cet enfant de 13 ans refusa net ; il fit un vœu solemnel (& les vœux étaient sacrés alors) de ne jamais accepter la Couronne du vivant de son Père, sans son consentement. Ce vœu, dit Rapin Thoiras, déconcerta les mesures du Parlement. En vain le Père & le Fils demandèrent la liberté de se voir. Jamais la Reine ne le voulut souffrir. On fit plus, dit Smolett, on menaça secrettement Edouard II. de mettre la Couronne sur la tête d'un Étranger, s'il ne voulait pas la résigner à son Fils ; & ce fut sur le consentement fatal que ce Prince donna enfin lui-même à sa déposition, qu'Edouard III accepta la couronne. Aussitôt le Parlement lui nomma douze Tuteurs pour gouverner pendant sa minorité. Un des premiers était Henry de Lancastre, qui fut chargé en même tems de la garde du Roi déposé. Mais la Reine qui n'avait pas déthrôné son mari pour faire régner douze Seigneurs sous le nom de son fils, s'empara du Gouvernement : & son Amant Mortimer devenu premier Ministre, fut dès-lors l'arbitre souverain des affaires du Royaume. Il excita bientôt un mécontentement général ; six mois n'étaient pas écoulés que déjà l'on parlait de tirer le Roi de prison ; Henry de Lancastre paraissait y donner les mains ; la Reine & Mortimer lui ôterent la garde du Roi, & la confierent aux deux scélérats Maltravers & Gournay qui remplirent bientôt les ordres qu'on leur avait donnés de se défaire d'un Prince qui pouvait être encore à craindre. Tout le monde sait la barbarie atroce avec laquelle on assassina Edouard II au mois de Septembre 1327. On cacha longtems sa mort. Deux ans après on fit croire qu'il vivait encore, & sur les démarches qu'un de ses frères hazarda pour le délivrer, Mortimer & la Reine firent condamner ce Prince comme rebelle & coupable de haute trahison. Edouard III fut certainement le dernier à qui l'on apprit la fin tragique de son Père. On lui cacha même la maniere indigne dont on l'avait traité dans ſes différentes priſons. On craignoit, dit Smolett, les ſuites de cet attentat, ſi Edouard III en eût eû connaiſſance. Ce ne fut qu'en 1331, au retour du ſecond voyage qu'il fit en France, pour remettre à Philippe de Valois l'acte de ſon homage-lige, que le Parlement & toute la Nation, ſoulevés contre l'adminiſtration tyrannique de la Reine & de Mortimer, ſe plaignirent hautement au jeune Roi, & n'oublierent pas dans leurs griefs l'aſſaſſinat exècrable de ſon malheureux Père.

Voici maintenant de quelle manière Edouard le vengea. Il traita ſa Mère en Fils & en Roi. Il expoſa ſa vie pour arrêter la Reine & ſon Amant, gardés par 180 Gentilshommes, au milieu deſquels il oſa paraître preſque ſeul, & que la préſence de leur Roi épouvanta. Mortimer fut écartelé. C'eſt par erreur qu'un Hiſtorien célèbre a dit que ce Miniſtre ne fut condamné que pour des concuſſions. Rymer, Smolett & Rapin Thoiras, qui font le détail de ſon procès, mettent à la tête des chefs d'accuſation, l'aſſaſſinat d'Edouard II *commis par ſes ordres exprès.* Si Edouard III ne fit point périr ſa Mère, s'il ne l'accuſa point d'être la complice du parricide Mortimer, s'il ne la fit point aſſiſter au ſupplice de ce barbare ; on ne voit dans cette conduite que l'effet de la tendreſſe filiale & du reſpect qu'Edouard ſe devait à lui-même.

La Reine fut traitée honorablement & avec douceur dans ſon exil. Elle *avair*, dit Froiſſard, *Chambrières pour la ſervir, Dames pour lui tenir compagnie, Chevaliers d'honneur pour la garder, belle revenue pour la ſuffiſamment gouverner ſelon ſon noble état ; & le Roi ſon Fils la venait voir deux ou trois fois l'an.* Les 500 livres ſterlings, valant environ 11000 livres de notre monnoye, & ſur leſquelles on veut jetter du ridicule, ou n'étaient que pour les menues dépenſes de la Reine, ou ſuffiſaient alors pour l'entretien de ſa maiſon, telle que Froiſſard la décrit. M. de Voltaire aſſure en effet que dans ce tems-là les Amiraux d'Angleterre n'avaient que ſix ſchellings par jour, & le Prince de Galles vingt. Les Rois d'Ecoſſe, défrayés par le Roi d'Angleterre, quand ils venaient à Londres, l'étaient ſur le pied de trente ſchellings par jour. Cela s'accorde très-bien avec la penſion de la Reine, plus forte que celle du Prince de Galles, plus faible que celle du Roi d'Ecoſſe. De plus gros revenus n'auraient pû ſervir à une Princeſſe ſi ambitieuſe & ſi intrigilante, que pour exciter de nouveaux troubles. C'est à quoi elle avait employé la pension de 60000 livres tournois qu'elle s'était fait adjuger pour l'entretien de son malheureux Epoux emprisonné, que l'on traitait cependant de la manière la plus indécente & la plus sordide ; tandis que la Reine jouissait pour son Douaire (du vivant de son Mari) des deux tiers du revenu de la Couronne.

Edouard poursuivit les deux scélérats qui avaient été les instrumens de l'assassinat. Maltravers se retira au fond de l'Allemagne, où il ne put être découvert. Gournay se réfugia à Burgos ; Edouard le demanda au Roi de Castille qui le rendit, & ce Monstre fut puni comme il le méritait. Edouard fit même une pension au Chambellan du Roi de Castille, qui avait donné ses soins pour le faire arrêter. Les Actes de Rymer en font foi. Que l'on juge à présent si ce Prince fut un mauvais fils, si j'ai eu tort de le faire paraître attendri sur la mort d'un père qu'il vengea avec tant d'ardeur ? Cette mort nous fait frémir nous qui la lisons aujourd'hui ; combien devait-elle donc affecter un Fils ; & un Fils qui avait eu le malheur, dans son enfance, d'être, pour ainsi dire, le prête-nom des Tyrans de l'Auteur de ses jours ! Pour moi je me suis regardé comme très-heureux, ne pouvant, par la disposition de ma Tragédie, employer les larmes d'une Epouse pour toucher Edouard, d'avoir pû remplacer ce sentiment par le souvenir tendre & cruel de la mort de son Père. C'était toujours peindre la sensibilité de ce Prince en lui donnant un autre motif. C'était, pour me servir encore des termes de Corneille, conserver l'Histoire en la falsifiant.

❦

Retourne vers ton Roi.

Godefroi de Harcourt reçut des lettres d'abolition le 27 Décembre 1346. Il servit avec éclat jusqu'à la mort de son neveu décapité à Rouen par ordre & sous les yeux du Roi Jean. Cette aventure lui fit reprendre les armes contre son Maître. Il fut tué en 1356, près de sa Terre de Saint Sauveur, en Normandie, dans un combat où il fit des prodiges de valeur. Il avait fait un Testament par lequel il avait laissé tous ses biens au Roi d'Angleterre. Cet objet fit la matière d'un des Articles du Traité de Brétigny. Edouard, du consentement du Roi Jean, donna cette succession à l'illustre Chandos. Voyez Froissard : & la Roque, Tom. 2. page 1688.

❖

Je renonce à leur Thrône.

Il n'y eut qu'une Trève entre les deux Rois après la prise de Calais. Cette Trève dura tout le Règne de Philippe. La guerre recommença sous le Roi Jean son Fils ; & ce ne fut que par le Traité de Brétigny qu'Edouard renonça enfin à la Couronne de France.

C'est ici le moment de dire deux mots de la Loi Salique sur laquelle la plûpart des Historiens ont si mal raisonné. Il y en a très-peu qui aient seulement entendu l'état de la question qui divisait Philippe de Valois & Edouard.

Le vrai fondement de la Loi Salique est la raison que j'ai développée au troisième Acte : c'est la volonté de la Nation qui ne permet pas que son Sceptre passe aux mains d'un Etranger. Ce principe fut de nouveau reconnu & établi par l'Assemblée des Grands, & par les Etats Généraux qui décidèrent la question en faveur de Valois. Ce principe est enfin avoué par Rapin Thoiras lui-même.

Edouard reconnaissait la Loi Salique ; & il fallait bien qu'il la reconnût, puisque Charles-le-Bel avait laissé une Fille qui, sans cette Loi, aurait également exclu de la Couronne Edouard & Valois. Voilà ce que n'ont pas dit des Historiens mal intentionnés ou mal instruits. Voilà ce qui fait avouer naïvement à Smolett qu'Edouard n'avait aucun droit au Thrône qu'il reclamait.

Mais Edouard soutenait que la Loi Salique n'excluait les Filles que par la raison de la faiblesse de leur sexe ; & qu'ainsi les Mâles descendus des Filles n'étaient point dans le cas de l'exclusion. C'est à quoi l'on répondait avec avantage que la faiblesse du sexe n'avait jamais été le fondement de la Loi, puisque l'on avait presque toujours, pendant la minorité des Rois, remis le Gouvernement entre les mains des Reines leurs Mères. On prouvait, avec la même évidence, que l'objet de la Loi Salique avait été d'écarter de la Couronne tout Prince Etranger; puisque la Nation n'en avait jamais souffert un seul sur

Throne depuis la fondation de la Monarchie : & ainsi la Loi Salique avait encore plus de force contre Edouard que contre sa mère. On sent bien que cette discussion n'était pas facile à mettre en vers ; mais elle était indispensable dans une Pièce dont les Héros sont, pour ainsi dire, les Martyrs de la Cause de Philippe de Valois, & par conséquent de la Loi Salique.

Fin des Notes Historiques.

APPROBATION.

J'AI lu par ordre de Monseigneur le Vice-Chancelier, le *Siége de Calais*, *Tragédie*, & je crois que la lecture n'affaiblira point l'enthousiasme qu'elle a justement excité dans le Public. À Paris, ce 15 Mars 1765.

MARIN.

LOUIS, par la grace de Dieu, Roi de France & de Navarre : à nos amés & féaux Conseillers les Gens tenans nos Cours de Parlement, Maîtres des Requêtes ordinaires de notre Hôtel, Grand-Conseil, Prévôt de Paris, Baillifs, Sénéchaux, leurs Lieutenans Civils & autres nos Justiciers qu'il appartiendra : Salut ; notre amé Nicolas-Bonaventure DUCHESNE, Libraire à Paris, nous a fait exposer qu'il désireroit faire imprimer & donner au Public des Ouvrages qui ont pour titres : *Oeuvres de Collardeau*, *de Du Belloy*, *De la Harpe*, *de Boissy*, *De Marivaux*, *de Piron* & *de l'Affichard* : S'il Nous plaisoit lui accorder nos Lettres de Privilége pour ce nécessaires. A CES CAUSES, voulant favorablement traiter l'Exposant, Nous lui avons permis & permettons par ces Présentes, de faire imprimer lesdits Ouvrages autant de fois que bon lui semblera, & de les vendre, faire vendre & débiter par tout notre Royaume, pen-

le terme de dix années confécutives, à compter du jour de la
date des Préfentes ; faifons défenfes à tous Imprimeurs & Libraires, & autres perfonnes de quelque qualité & condition
qu'ils foient, d'en introduire d'impreffion étrangere dans aucun lieu de notre obéïffance ; comme auffi d'imprimer ou faire
imprimer, vendre, faire vendre, débiter ni contrefaire lefdits
Ouvrages, ni d'en faire aucun extrait, fous quelque prétexte que
ce puiffe être, fans la permiffion expreffe & par écrit dudit Expofant, ou de ceux qui auront droit de lui, à peine de confif-
cation des Exemplaires contrefaits, de trois mille livres d'amende
contre chacun des contrevenans, dont un tiers à Nous, un tiers à
l'Hôtel-Dieu de Paris, & l'autre tiers audit Expofant ou à celui qui aura droit de lui, & de tous dépens, dommages &
intérêts, à la charge que ces Préfentes feront enregiftrées tout
au long fur le Regiftre de la Communauté des Imprimeurs &
Libraires de Paris, dans trois mois de la date d'icelles, que l'impreffion defdits Ouvrages fera faite dans notre Royaume, & non
ailleurs, en bon papier & beaux caracteres, conformément à la
feuille imprimée, attachée pour modele fous le contrefcel des
Préfentes ; que l'Impétrant fe conformera en tout aux Regle-
mens de la Librairie, & notamment à celui du 10 Avril 1725,
& qu'avant de les expofer en vente, les Manufcrits qui auront
fervi de Copies à l'impreffion defdits Ouvrages, feront remis
dans le même état où l'Approbation aura été donnée ès mains
de notre très-cher & féal Chevalier, Chancelier de France, le
Sieur DE LAMOIGNON, & qu'il en fera enfuite remis deux Exemplaires de chacun, dans notre Bibliothéque publique, un dans
celle de notre Château du Louvre, un dans celle dudit Sieur
DE LAMOIGNON, & un dans celle de notre très-cher & féal
Chevalier, Vice-Chancelier de France, le Sieur DE MAUPEOU,
le tout à peine de nullité des Préfentes : du contenu defquelles
vous mandons & enjoignons de faire jouir ledit Expofant & fes
ayans caufe, pleinement & paifiblement, fans fouffrir qu'il
leur foit fait aucun trouble ou empêchement. Voulons que la
Copie des Préfentes, qui fera imprimée tout au long au commencement ou à la fin defdits Ouvrages, foit tenue pour
duement fignifiée, & qu'aux Copies collationnées par l'un de
nos amés & féaux Confeillers Sécretaires, foi foit ajoûtée comme à l'Original. Commandons au premier notre Huiffier ou

Sergent sur ce requis, de faire pour l'exécution d'icelles tous Actes requis & nécessaires, sans demander autre permission, nonobstant clameur de Haro, Charte Normande & Lettres à ce contraires : CAR TEL EST NOTRE PLAISIR. Donné à Paris le vingt-sixieme jour du mois de Septembre, l'an de grace mil sept cent soixante-quatre, & de nôtre Regne le quarante-neuvieme. Par le Roi en son Conseil.

Signé, LE BEGUE.

Regiſtré sur le Regiſtre XVI. de la Chambre Royale & Syndicale des Libraires & Imprimeurs de Paris, N°. 314. fol. 149. conformément au Reglement de 1723. A Paris ce 31 Août 1764.

D'HOURI, Adjoint.

Pièces du même Auteur.

TITUS, Tragédie.
ZELMIRE, Tragédie.

On trouve chez le même Libraire un Assortiment général de tous les Théâtres & Pièces détachées, tant anciennes que nouvelles, avec leurs Divertissemens, & plusieurs Livres d'Assortimens, anciens & nouveaux, tant de Paris que des Pays étrangers.

Le même Libraire débite aussi un Opera Italien dont la Musique est de M. Cluck, intitulé : ORFEO ET EURIDICE, *in-fol.* prix . . . . . . 15 liv.
Et la Partition de l'YVROGNE CORRIGÉ, *in-fol.* 9 liv.

De l'Imprimerie de BALLARD, Imprimeur du Roi, rue des Noyers.

1

www.ingramcontent.com/pod-product-compliance
Lightning Source LLC
Chambersburg PA
CBHW060806250626
47162CB00005B/1691